セクシャル・ルールズ【目次】

装画　原倫子
装丁デザイン　next door design（長﨑綾）

セクシャル・ルールズ

第一章

一

合皮張りのソファの座面を、控(ひか)えめに撫(な)でる。黒くて重厚で、向かい合わせに二台並べると、それだけで室内の空間を圧迫してしまう。

テーブルの上には凶器にもなりそうなガラスの灰皿。壁際に並べられた賞状やトロフィーの中にここ五年以内のものはなく、うっすらと埃(ほこり)を被っている。印象派の静物画のレプリカはいつから掛けられているのか、日焼けして色が褪(あ)せていた。

来客を迎え入れる応接室は、企業の顔でもある。前時代的で手入れのされていない部屋からは、企業体質の古さと怠慢が読み取れた。

私が経営コンサルタントだったならと、岩瀬麻衣子(いわせまいこ)は頭の片隅で考える。まずこの応接室を、明るく開放的なスペースにしましょうと提案するのだけれど。

しかし麻衣子は、社会保険労務士だ。労務に関する実務や相談を受けるのが仕事であり、企業のイメージ戦略は専門じゃない。

「それってつまり、働く母親はいらないってことでしょう！」

正面のソファに腰掛けた女性が、感情を露わにしはじめた。同じソファに間隔を空けて座る年輩の男が、うんざりしたように首を振る。

「だから、そんな言いかたはしていないでしょう」

もはや言った、言わないの水掛け論だ。本来の職務を遂行するべく、麻衣子は頭を切り替えた。

ここ深山工業株式会社から、社内でマタハラの訴えが上がっているとの連絡を受けたのが、昨日の午後のこと。時短勤務中の女性社員が、上司に面と向かって嫌味を言われたのだという。

子供の保育園の入園時期に合わせ、母親の職場復帰が増える四月だ。こういった問題は、きっとそこら中で起こっている。

「遅刻や早退が多くなっているのは、私だって申し訳ないと思っています。でも部長は知らないかもしれませんが、子供はすぐに熱を出すんです。保育園から連絡がきたら、迎えに行くしかありません」

「それは私も、ある程度はしかたがないと思っていますよ。でも袴田さんは復帰以来、時間通りに出社したためしがないでしょう。『遅れます』という電話の一本もないんじゃ困りますよと、そう言っただけですよ」

「子供がまだ保育園に慣れていなくて、毎朝ぐずって大変なんです。熱があるときは病児保育士の手配もしなきゃならないし、電話をかける余裕なんかありません」

袴田という女性社員は、三十代半ば。化粧っ気がなく、一つにまとめられた髪は見るからに手入れが行き届いていない。保育園に入れたばかりの子供はまだ八ヶ月らしく、追い詰められたような口調で己の正当性を主張する。

それに対して五十代の管理部長は、呆れたようにため息をついた。

「二時間ほど遅れたときもですか」

「あれは、子供を病院に連れて行かなきゃいけなくて」

「それでも隙を見て、会社に電話を入れるべきです。そういう態度が無責任だと言ったんですよ」

「ほら、今！　ね、聞きました？　働く母親は無責任で困るって。そんな言い分は、時代と逆行していますよね」

袴田が麻衣子に向き直り、鬼の首を取ったかのように言い募る。なるほどこれは大変だと、麻衣子は膝の上で両手を組み合わせた。

深山工業株式会社の創業は、昭和四十七年。家庭用プラスチック製品の製造販売を行う、従業員数百四十名の会社である。応接室の雰囲気にも表れているようにその体質は古く、働き方改革が進んでいるとは言いがたい。

だが就業規則の見直しで何度か打ち合わせをしたことのあるこの管理部長は、子育て世代の離職を食い止めたいと考えている。人員を増やせない中で、袴田の時短勤務により処理しきれなくなった業務には、部長自らが対応しているはずだった。

袴田の主張を聞く前に、管理部長からの聞き取りは済ませてある。部長は困ったように眉を下げ、こう言ったものだった。

「こちらの都合もあるので、連絡だけは入れてほしいと言っているだけなんですが。どうも曲解されてしまって」

おそらく正しいのは、管理部長のほうね。

麻衣子は冷静に判断を下す。だからといって、悪いのはあなただと袴田を糾弾するのは得策ではない。彼女は本当に、たった一本の電話すら入れる余裕がなかったのだろう。時間的にではなく、心理的に。

「岩瀬先生にも、お子さんが二人いらっしゃるんでしょう。私の気持ち、分かりますよね！」

袴田が「母親」という共通項を振りかざしてくる。もちろん想像はできる。でも麻衣子には、本当のところは分からない。

「いや、先生は――」

以前からのつき合いで麻衣子の家庭事情まで知っている管理部長が、こちらの顔色を窺(うかが)いつつ口を挟む。しかし袴田が今求めているのは、共感だ。それ以上は言ってくれるなと、麻衣子は鋭く目配せをする。

どうやら意図は通じたようだ。部長が口を閉ざすのを見て、麻衣子はゆっくりと手を組み替えた。

「ええ、子供がいると大変ですよね。特に保育園に上がったばかりだと、体調が安定してくれなくて」

「そう、そうなんです。子供が悪いわけじゃないのに、もういい加減にしてって叫びたくなっちゃって」

聞けば袴田には、近くに頼れる親もいない。育児の負担は大きくて、六時間の時短勤務だとしても、仕事との両立は至難の業だ。

しかし袴田のすぐ傍(そば)には、大人がもう一人いるはずだった。

麻衣子はふくよかな頰に笑窪(えくぼ)を浮かばせ、問いかける。

「それはお辛いことですね。ところでご主人は、家事育児をどの程度負担なさっていますか？」

今日も存分に、働いた。

『岩瀬社労士事務所』というプレートが掛かったドアに鍵を掛け、麻衣子はやれやれと右肩を回す。

年度の切り変わる前後の三月と四月は、社労士にとっての繁忙期だ。雇用契約書の作成に、締結業務。雇用保険、社会保険等の申請手続き。顧問先の企業から持ち込まれる数々の業務に忙殺される上に、今日のように突発的なハラスメント相談が入れば、当然ながら残業が長引く。

社会保険労務士、通称社労士は労働法や社会保険に精通したプロフェッショナルである。それらに関する書類の作成や提出を代行することは、社労士にしか許されない独占業務とされている。

なんとなく難しく聞こえるが、大まかにいえば各社の労務が外部委託されているということだ。大手企業ならば管理部門に労務担当者がいて、社労士資格を持っていたりもするが、中小企業はそれほどのコストをかけられない。そこで、社労士事務所の出番となる。

「お腹空いた」

事務所が入っている雑居ビルを出て、麻衣子はぽつりと呟いた。

赤羽駅から徒歩二分。東京都北区のこの地に事務所を構えたのは、中小企業の多い下町と埼玉方面へのアクセスがいいためだ。お陰様で独立開業からちょうど十年、業績はゆるやかながら右肩上がりの曲線を描いている。

自宅マンションまでは、徒歩十分。赤羽といえばせんべろ、すなわち千円でべろべろになるほど酔える酒場の多い雑多な街だが、駅前のアーケード街を抜けてしまえば静かなものだ。歩きながらスマホを確認してみると、事務所を出る前に送ったＬＩＮＥのメッセージは既読になっていなかった。

ホワイトプラザ赤羽、五〇二号室。子供たちはとっくに寝ているだろうから、玄関の鍵を開けるのも音を立てないよう慎重になる。

四年前に、三十年ローンで買った部屋だ。リビングまでまっすぐに廊下が続き、その途中に子供部屋がある。リビングの奥には、さらに二部屋。今のところ夫婦の寝室と麻衣子の仕事部屋にしているが、子供たちがもう少し大きくなれば、どちらかを明け渡す羽目（はめ）になるだろう。兄と妹では、同じ部屋なのを嫌がることは目に見えている。

電気が煌々（こうこう）と灯（とも）るリビングに、人気（ひとけ）はなかった。カウンターを挟んで設置された、キッチンにも。今すぐ「疲れたー！」と叫んでソファにダイブしたいのに、その座面は取り込んだままの洗濯物に占拠されていた。

背後で子供部屋のドアが開く気配がする。動作音に気をつけながら、夫の耀太（ようた）が小走りに駆けてくる。

「ごめん。寝かしつけしてるうちに、うっかり寝ちゃった」

そうだろう。寝落ちした証拠に、頬にくっきりと枕の跡がついている。

「ご飯、すぐに用意するね」

「うん、お願い」

　ダイニングセットの椅子に掛けてあったエプロンを取り、耀太が汁物の鍋をコンロにかける。その間に麻衣子は手洗いうがい、着替えを済ませた。

　リビングに戻っても、耀太はまだ忙(せわ)しなく立ち働いている。しょうがない。麻衣子は床のラグに膝をつき、洗濯物を畳みはじめる。

　サイズ一一〇のトレーナーは、五歳になったばかりの陸人(りくと)のもの。サイズ九五のワンピースは、二歳八ヶ月の萌香(もえか)のだ。トマトソースでも飛ばしたのか、ワンピースの胸元には赤いシミがあり、やだこれ高かったのにと麻衣子は眉根を寄せた。

「あ、ごめん。後で畳むから、置いといて」

「いいよべつに、このくらい」

　本当はもう、なにもしたくない。ソファに沈み込んで、上げ膳据え膳で呆(ほう)けていたい。

　でも耀太だって、子供たちの相手で疲れている。やり残した家事があるなら、手分けをして片づければいいのだ。

「ごめんね。ちょっと、時間がなくて」

　私には、うたた寝をする時間すらなかったけどね。

　なんてことは、思っても言わないだけの分別はある。耀太がいてくれるからこそ、子供を産んでもほぼブランクなしで仕事を続けていられるのだから。

夫の耀太は、専業主夫だ。

「だったら俺が、仕事辞めればいいんじゃない？」と言ってくれた日の感謝を、麻衣子はまだ忘れていない。

温め直した麻婆茄子に、クラゲと胡瓜（きゅうり）の酢の物、油揚げのみぞれ和え、それから卵スープ。耀太は麻衣子なんかより、料理のスキルが遙かに上だ。洗濯物も左右対称に畳めるし、百均の便利アイテムを駆使した掃除だってお手の物。歳の離れた妹がいたお陰で、なんと子守までできてしまう。

つまり家の中のことで、麻衣子が敵（かな）う項目は一つもなかった。

「俺は家事が得意だし、子供の相手も苦にならない。麻衣ちゃんは、働いてお金を稼ぎたい。お互いに、自分の得意なことをすればいいんじゃないかな」

せっかく二人でいるんだからさと、耀太は言った。結婚を決めて、子供ができたらどうするかと相談していたときだった。

そのころ岩瀬社労士事務所は四年目に入っていて、じわじわと顧問先企業を増やしているところだった。経営者は労働者保護のルールに該当せず、産休、育休取得の権利がない。とはいえ子供が出来れば保育園に預けるまでの数ヶ月間、仕事に復帰できないのは同じこと。親は遠方にいて頼れないし、その間に他の事務所に客を取られるかもしれない。

だから耀太の申し出は、本当にありがたかった。自分が母親業に向いていないことは、やる前から分かっていた。

「麻衣ちゃんはお母さんに似て不器量やから、せめて気持ちは可愛らしくして男の人に好かれなあかんえ」

同居していた祖母からは、そう言い聞かされて育ってきた。祖母が言う「気持ちが可愛い」とは、男性に対して従順という意味だ。文句も言わずに家業を手伝い、家事と子育てを一手に担っていた母のように。

でも麻衣子は、そんな生きかたは嫌だった。夫のため家のため子供のためと頑張ったところで、それは自分の人生と言えるのか。いいや、私はぜったいに独り立ちをして稼げる女になってやる。そのために、できる努力はしてきたつもりだ。

それらがすべて、妊娠、出産を機に無駄となる。だったらいっそ、子供を作らなくてもいい。そんなふうに思い詰めていた。

麻衣子は耀太より、まだまだ頭が固かったのだ。「なにも性別で役割を決めなくていいんじゃない？」という耀太の柔軟さに、目の前がぱっと明るくなった。この人となら、子供のいる人生を諦めなくてもいい。そう思えた。

幸いにも麻衣子は妊娠中毒症や切迫早産とは縁がなく、臨月まで働いて産後二週間で仕事に復帰した。体力の消耗を避けるため無痛分娩を選択したものの、長男のときは繁忙期と重なっており、とにかく体がきつかった。その教訓を踏まえて、長女の出産時期は比較的余裕のある八月になるよう調整した。

　ＩＴ企業でＳＥをしていた耀太は、長男の誕生を前にして仕事を辞め、子育てに徹した。三時間おきのミルクだって「麻衣ちゃんは仕事があるから」と別の部屋で寝かせてくれ、麻衣子は搾乳さえしておけばよかった。母乳はよく出てくれたから、「粉ミルクを溶かなくていいから楽だよ」と感謝すらされた。

　一年後に長男を保育園に入れると、耀太は時短の派遣で働きはじめた。そのさらに一年後に長女が生まれ、それからは主夫業に徹している。

「大変だったんだよ。幼稚園のお迎えの後で公園に寄ったんだけど、陸人が蟬（せみ）捕まえるって聞かなくってさ。まだ早いよ、蟬さんは幼虫だよって教えたら、今度は幼虫を探せって言うんだよ。しょうがないから、穴掘ったよね。そのへんに落ちてた棒っきれで。でも調べてみたら、蟬の幼虫って地表から二十センチから七十センチのところにいるんだって。無理無理、棒っきれじゃ無理」

　専業主夫になってから、耀太はすっかりお喋りになった。前から無口なほうではなかったけれど、よく喋る人という印象もなかったのに。遅い夕食を取る麻衣子の正面に座り、とりとめのない話を続けている。

「ちなみに蟬の幼虫って、七年も土の中で過ごすっていうでしょ。でも日本にいる蟬、そんなに長くないらしいよ。ミンミンゼミやアブラゼミで、二年から四年。知ってた？」

「へぇ、知らなかった」

支離滅裂な子供とつき合っていると、滞りのない会話のキャッチボールに餓えるのだと思う。でも子供に感化されるせいか、大人同士の会話にしては幼稚になる。

麻衣子は蟬の生態に興味はない。それでも耳を傾けるのは、男の人に仕事を辞めさせてしまったという負い目と感謝ゆえだ。

仕事と育児の両立が難しくなって、女性が仕事を辞めたところで、ありがたいと感じる男性はどれほどいるのだろう。家事育児を担ってくれる存在がいることを「あたりまえ」と蔑ろにすることがないから、自分たちはうまくいっている。

ましてや、共働きじゃねぇ。

卵スープを啜りながら、頭に思い浮かべたのはマタハラの訴えを上げてきた袴田の顔だ。

聞き取りをしたかぎりでは、袴田の夫は育児への参加にあまり積極的でない。子供が泣いていても「泣いてるよ」と教えてくるだけで、本人はゲームに熱中している。家事はゴミ出しと風呂掃除を担当しているが、それだけでやっている気になって、理解のある夫を気取る。

「二人の子供なのに、私ばかりやることが増えていきます。子供が熱を出しても、対応するのは必ず私。なんだかもう、疲れますよ」

女同士という安心感からか、袴田は目に涙を浮かべてそう訴えた。

ひとまずは、役割分担についてご主人とよく話し合うこと。仕事はできる人だというから、家事育児をタスク化して表にしてみるのも手だということ。会社とはもう一度、勤務時間の調整をする必要があることをアドバイスして、今日のところは収まった。

どうにか、うまくいくといいんだけどねぇ。

母親が仕事を続けることはもはやあたりまえになっているのに、社会の意識はまだひと昔前のままだ。たとえば法律で義務づけられている短時間勤務制度も、一日の所定労働時間は原則六時間とされている。

しかし、家庭の事情は実に様々だ。大手企業なら各々の都合に合わせて七時間、六時間、五時間のうちから選べるよう、就業規則を整備しているところもあるが、中小企業にそこまでの体力はない。

だからこそ、パートナーにも当事者意識を持ってもらいたい。男は仕事、女は家庭と、役割をきっぱり二つに分けてしまえる時代は終わったのだ。各家庭や職場の事情に合わせて、グラデーションを変えてゆく必要がある。それを混ぜ合わせた色彩は、一つとして同じものがなくていい。

「このぶんだと夏休みは、公園で一日中蟬取りかなぁ。あ、そうだ。次の日曜、大丈夫なんだよね？」

蟬について語っていた耀太が、急に話題を変えてきた。夏休みという単語から、地元を連想したらしい。次の日曜は宇都宮で、耀太の妹である唯の結婚式に出る予定だった。

「もちろん、空けてあるよ」

幼い子供たちを連れての移動になるから、きっと疲れる。お祝い事なのだから顔には出さないが、本音を言えば繁忙期は避けてほしかった。集客のために引き受けた本の執筆や、セミナーの準備も滞っている。できれば土日を利用して、進めておきたかったのに。

「よかった。唯もきっと喜ぶよ」

義妹が数えるほどしか会ったことのない麻衣子の出席を喜ぶとは思えなかったが、耀太が嬉しそうだからよしとする。動物の動画を垂れ流すだけのテレビ番組を見ていたとき、萌香が温泉に浸かるカピバラを指差して「パパ」と言った。そんな人畜無害な顔が、なおいっそう綻んでいる。

これもまた、家族サービス。ううん、夫サービスかな。

「ごちそうさま。お風呂の前に、ちょっとだけ仕事するね」

食べ終えた食器をそのままにして、立ち上がる。週末に時間を取られるぶん、たとえ数行だけでも執筆を進めておかねばという焦りがある。

「うん。追い焚きするから、入りたくなったらいつでも言って」

「ありがとう。あ、ビールもらうね」

食器を重ねて運ぶ耀太に続いてキッチンに入り、冷蔵庫を開ける。最近はまっているクラフトビールは食事と一緒に飲むよりも、食後にナッツを齧りながら飲むのが美味しい。アルコール度数は五パーセント。脳の緊張をほぐしつつ、仕事部屋のパソコンに向かうとしよう。

でもその前にと、クラフトビールの瓶を持ったまま子供部屋へと向かう。物音を立てずに中に入ると、床に敷いた布団では陸人と萌香が安らかな寝息を立てていた。

布団は蹴り飛ばされ、二人ともなぜか右向きの同じポーズを取っている。兄妹だからなのか、手足の角度までやけにシンクロ率が高い。

麻衣子は込み上げてくる笑いを噛み殺しつつ、布団を掛け直してやった。

ふわふわのほっぺに、丸い手指。一緒に過ごせる時間は少ないけれど、君たちのためにママは頑張って稼いでいる。

おやすみなさい、よい夢を。

二

四十一歳ともなるともはや友人の結婚式などはなく、クローゼットの奥から引っぱり出してきたワンピースを着てみると、腹回りがはち切れんばかりになっていた。

やや光沢のあるグレーだから、全体のシルエットがまるで水揚げされた鮪である。

でも大丈夫、ジャケットを羽織(はお)ればまだごまかせる。

そうやって、自分自身をもごまかして臨んだ義妹の結婚式。披露宴の席に着き、麻衣子はやっぱり新しい服を買うか、せめてレンタルすればよかったと後悔していた。

さして親しくもない義妹が何度お色直しをしようが、生まれてから現在までのスライドショーを見せられようが、高校時代の部活の友人たちが上手くもないダンスを披露しようが、麻衣子にとっては感動もないし面白くもない。

せめてもの楽しみは、味に定評のあるホテルの婚礼料理が食べられること。それなのにお腹が少し膨(ふく)れてくると、背中のファスナーに軋(きし)みを感じる。

お祝いの席で服が破れるという醜態を晒(さら)したくはないので、せっかくの料理にもあまり手をつけられない。タッパーで持って帰れたらいいのにと、いじましいことを考える。

「麻衣子さん、あんまりお箸が進んでないけど、大丈夫？」

ついには隣に座る義母に、心配をかけてしまった。

こちらは還暦を過ぎてもほっそりしており、黒留袖姿とはいえ貫禄抜群にはなっていない。長年公立病院に看護師として勤めていたが、耀太の上京に合わせて民間のクリニックに転職した。定年は六十五歳らしく、いまだ現役である。

「平気です。ただちょっと、ウエストがきつくて」

後半は、義母だけに耳打ちで伝えた。

そんな恥ずかしいことも、この人になら言える。バツ2のシングルマザーという自らの経歴も、「一人目は金にだらしなくて、二人目は女にだらしなかった。私、男を見る目がないのよ」と、軽やかに笑い飛ばしてみせるような人だ。

麻衣子はなにも言わずに不満を溜め込んでいる実母より、この義母のほうが好きだった。もっとも、適度に距離が離れているからこそいいのだろうが。

「ああ、あるある。あんまり無理しないようにね」

案の定、義母は控えめに笑ってくれた。

「ねぇねぇキミ、仕事のほうはうまくいってるの？」

タイミングを見計らったように、義母の向こう隣に座る男が会話に割り込んできた。義母の兄、つまりは義伯父である。

すでに酔っているのか、鼻先が赤い。顔を合わせるのは、自分たちの結婚式、披露宴以来である。

探りを入れるような問いかけに嫌な予感はしたものの、麻衣子は「ええ、お陰様で」と愛想笑いを返した。

「そりゃなによりだ。でもさ、家のことを全部耀ちゃんにやらせてるのは、違うと思うなぁ。男はやっぱり、外の敵と戦ってこそだよ。見てよ、すっかり所帯臭くなっちゃってさ」

呂律（ろれつ）の怪しい口調で言い募り、義伯父は顎先で耀太を指す。

耀太はシリコン製の食事エプロンを着けた萌香を隣に座らせて、お子様用プレートを食べさせているところだった。

慣れていない麻衣子よりも、耀太が面倒を見たほうが萌香は機嫌よく食事をしてくれる。披露宴で子供が騒いだりぐずったりして迷惑をかけないよう、配慮した結果である。それのなにが悪いのかと、麻衣子はむしろ胸を張った。

「うちの孝之なんか、今日はどうしても外せない商談があるからって横浜だよ。唯ちゃんには不義理をしてしまって悪いけど、男はそうでなくっちゃねぇ」

孝之というのが、義伯父の一人息子で耀太たちの従兄弟である。たしか、医療系の営業マンをしているのだったか。取引先の医師の都合に左右され、休日出勤も珍しくない多忙な仕事だ。その代わり、年収も悪くはないはずだった。

しかし義伯父は、自分の母親から教わらなかったのだろうか。よそはよそ、うちはうち、だ。

「それに子供はどうしたって、母親が恋しいもんだよ。ねぇ、ボク。お母さんが仕事してちゃ、寂しいよねぇ」

お子様用プレートを食べ終えてシールブックで遊んでいた陸人が、突然の猫撫で声にびくりとして顔を上げる。せっかくトミカのシールを貼って遊べる絵本に集中してくれていたのに、台無しだ。

麻衣子たちのような夫婦にとって、古い価値観を押しつけてくる部外者は珍しくもない。でも、子供を巻き込もうとするのはずるい。母親が外で働くのは寂しいことだと、刷り込むのはよしてほしかった。

同席している義伯父の妻は、申し訳なさそうな目配せをくれるだけ。家庭内の発言権は、ないに等しいようである。

「うるさいのよ、酔っ払い」

義伯父をぴしゃりと撥(は)ねつけたのは、義母だった。実の兄妹の遠慮のなさで、口調がきつい。義伯父が「ああん？」と目を尖らせた。

「なんだお前こそ、堪(こら)え性(しょう)がなくて二度も離婚しやがって。耀ちゃんがこんな情けない男になっちまったのは、傍に父親がいなかったからじゃないのかよ」

「そうね、兄さんみたいな父親なら、いないほうがましかもね」

「おうコラ、どういう意味だ」

幼子でも静かにしているというのに、大人たちが険悪な空気になってしまった。家父長制を引きずる義伯父と、シングルマザーで子供二人を育て上げた義母では、そりが合わないのも納得だ。

どうやって、仲裁をしたものか。迷っていると、耀太が無邪気とも呼べる笑顔を見せた。

「俺はべつに、幸せだからいいよ。それに麻衣ちゃんはすごいんだよ。今度、蛍文(けいぶん)出版から本を出すんだから」

「へ、へぇ」

毒気を抜かれた義伯父が、拗ねたように唇を尖らせる。

「本当にすごい。ビジネス書ね？」

蛍文出版は、ビジネス系の新書を出している出版社である。そういうことを知っているあたり、義母の教養レベルは義伯父より高そうだ。

「ええ、まだ執筆中なんですけど。最近は、価値観の違う部下の扱いに困る管理職も多いので。実例を挙げながら、対処法を学んでゆくという内容です」

「社労士さんには、そういう相談もよく来るの？」

「来ますね。我々は、人材に関するスペシャリストとも言えますので」

うまく話が逸れてくれた。さすがは耀太、グッジョブだ。

「それでは皆様、前のほうにご注目ください」

折りよく司会進行の男性が、しばしのご歓談タイムの終了をマイクで知らせる。新郎新婦が寄り添うひな壇に、ウエディングケーキが運び込まれたところだった。

「それでは、ケーキ入刀です」

司会の掛け声で新郎新婦が握るナイフがするりとケーキに吸い込まれ、会場内が拍手に包まれる。麻衣子も周りに調子を合わせ、手を叩く。

耀太は感極まったのか、その様子に目を潤ませていた。

今年で耀太は三十九歳になる。唯とはちょうど、十歳違い。夜勤もある義母に代わり幼い妹の面倒を見てきたのだから、兄というより父親に近い感慨があるのだろう。

唯はスカイブルーのドレスを着て、幸せそうに笑っている。父親が違うためか、顔立ちは耀太に似たところがない。

ケーキカットからの、ファーストバイト。

披露宴でまだこんな演出をしているのかと、感動する耀太に反して、麻衣子の頭は冷めてゆく。新郎側からは「一生食べるものに困らせない」、新婦側からは「一生美味しいご飯を作ります」という意味を込めて、ケーキを食べさせ合うイベントである。

二十年ほど前にも友人の披露宴で目にした光景が、思考停止したように繰り返されている。新婦が巨大な木のスプーンを使って、どう考えてもひと口に収まりそうにない分量を新郎の口に押し込む。笑いを取る箇所まで同じだった。

男が稼ぎ、女が食事を作るというステレオタイプな演出は、現代の夫婦のありようとは合っていない。いい加減、やめてしまえばいいのに。いまだにこんなことをしていたんじゃ、義伯父を古いと責められない。

「ねぇパパ、公園行こう」

シールブックから注意の逸れてしまった陸人が、身を乗り出しておねだりをする。耀太の生来の八の字眉が、さらに下がった。

「今は無理だよ。後でね」

「だってもう、ご飯食べたし」

「この後、ケーキがあるよ」

「いらなーい。生クリーム嫌い！」

子供が駄々をこねる声はよく響く。テーブルの下で足をばたつかせており、これはもうじっとしていることに厭きている。そろそろ限界だろう。

麻衣子は「私が連れて出るよ」と、立ち上がった。

萌香もお腹いっぱいになったのか、フォークを握ったままうつらうつらしている。こちらも外に連れ出したほうが賢明だろう。

「いいの？」

「うん。パパは、唯ちゃんを見てたいでしょ」

「ごめん。廊下の窓から、車走ってるの見せるだけでも落ち着くと思うから」

「分かった」

子供のことではいつも率先して動く耀太だが、今は唯の晴れ姿を目に焼きつけておきたいのだろう。片手拝みをして託してくる。

急がないと。萌香がうまく寝つけなくてぐずりだした。食事エプロンを外して手を拭いてやり、抱き上げる。

首に縋(すが)りついてきた萌香を左腕で支え、空いた右手を陸人と繋ぐ。こんな体勢で、走らないでほしい。披露宴会場の扉は重くて陸人の力では開かず、麻衣子が肩でこじ開けるようにして廊下に出た。

「外には出られないから、ここから車見てよっか」

幹線道路がよく見える窓を探し、息子を促(うなが)す。「車!」と短く叫び、陸人は窓ガラスに貼りついた。

「駄目よ、離れなさい」

肩を摑(つか)んで引っ張っても、ものともしない。目を爛々(らんらん)と輝かせ、陸人は眼下を走る車に見入っている。

窓ガラスが指紋まみれになるのは申し訳ないが、集中しているみたいだからまぁいいか。

地上八階から見下ろしたところで、車は豆粒サイズだ。なにが楽しいのか、麻衣子には理解しがたい。それよりも寝息を立てはじめた萌香の体が、どんどん重くなってくる。

少し離れたところに、休憩用のソファが設置されていた。でもあそこの窓からじゃ、幹線道路は見えないだろう。陸人を一人残して行くわけにもいかず、麻衣子は萌香を揺すり上げるようにして抱き直した。

披露宴会場の入り口には、『楠家　堀家　御両家結婚披露宴会場』の案内板が出ている。楠は新郎の苗字で、堀は耀太の旧姓だ。挙式前に親族控え室に顔を出した唯は、「フルネームが二文字しかないのが嫌だったけど、結婚してもけっきょく二文字」と笑っていた。

義母が二番目の夫と別れていなければ、「平山唯」だったそうだ。その前の夫は、耀太によれば「高橋」らしい。

母親の二度の離婚で苗字が変わることへの抵抗をなくしたのか、耀太は「麻衣ちゃんは自分の名前で仕事してるんだから、俺が岩瀬姓になればいいよ」と、あっさり言ってのけたものだった。

「ねぇママ、見て。バス！」

小さな手が、ワンピースの裾を引っ張る。

「色が違う！」と、陸人は興奮して飛び跳ねている。

目を細めて、眼下を通り過ぎてゆくバスを確認する。白地に赤のボーダー柄だ。麻衣子たちの住まいの傍を走る路線バスは、緑と白を基調としたものである。物珍しさに、陸人は息を切らしている。

バスの色が違ったからって、なんなのよ。

麻衣子にとってバスとはただの、移動手段でしかない。安全性が確保されていて、目的地まで運んでくれる機能があれば充分だ。

趣味が合わないなぁと、苦笑する。陸人は虫や、乗り物全般が好きらしい。その興味に、耀太はよくつき合えるものだ。尊敬に値する。

昨夜遅くまで執筆に取り組んでいたせいか、目の奥がちりちりと痛む。萌香の重みで腕はとっくに痺れているし、よそ行きのヒールを履いた爪先は痛い。このはしゃぎようだと陸人もそのうち疲れて寝てしまいそうだが、そうなったとき二人を抱えて移動する腕力が、麻衣子にはない。

育児はけっきょく体力勝負。膂力があれば解決できる場面も多い。

むしろ、男の人のほうが向いてるんじゃないかしら。

そう思いながら麻衣子は無感動な眼差しで、日本中のどこにでもありそうな幹線道路を眺めていた。

耀太が子供たちと実家に一泊するというので、麻衣子だけが新幹線で帰ってきた。在来線を使っても乗り換えなしで一時間半程度だが、なるべく早く、疲れを残さずに帰りたかった。

職場へのお土産は、宇都宮駅で買ったレモン入牛乳のラングドシャ。それを手に翌朝出勤してみると、アルバイトの小河穂乃実が事務所のドアの前で所在なげに立っていた。

「あれっ。サトちゃんまだ来てないの？」

スペアキーは、社労士二年目の丸岡千里に預けている。穂乃実は中に入れなくて困っていたのだ。

「珍しいね。どうしたんだろう」

首を傾げつつ、鍵を開ける。千里を雇ってからまだ一年半だが、これまで無遅刻無欠勤を通していた。

自分のデスクにバッグを置き、千里のスマホにかけてみる。しばらく呼び出し音が鳴った後、留守電に切り替わってしまった。

なにかあったのだろうか。今日もクライアントから委託された厚生年金保険、健康保険、雇用保険の書類作りや給与計算といった、事務仕事が積み上がっている。麻衣子には労務相談の予約も入っていることだし、雇ったばかりの穂乃実と二人だけでは捌けない。

こんなとき、アヤちゃんがいてくれたらなぁ。

先月出産を理由に退職していった、田中綾子を恋しく思い出す。社労士資格は持っていないが、大手企業で総務と経理を経験してきたベテラン事務員だった。この事務所には、勤続八年。たいていのことは、安心して任せられたのに。

「はい、岩瀬社労士事務所です」

電話が鳴って、穂乃実が取る。こちらはまだ、社労士の卵だ。綾子の退職に備え、社労士講座のある予備校にアルバイトの募集をかけた。その求人に、引っかかってきたのが穂乃実である。

まだまだ資格試験に向けて勉強中。だからはじめから、高いスキルなど期待していない。だが穂乃実は労務の知識云々以前の問題で、仕事ができなかった。

「生憎丸岡は、まだ出所しておりません。はい、後ほど折り返すよう伝えます。お電話承りましたわたくし、三本川ではないほうの小河です」

電話は千里の担当先からだったようだ。その応対を聞きながら、やっとまともに電話ができるようになったかと、麻衣子はため息をつく。

穂乃実はまだ二十四歳で、はじめは固定電話の取りかたさえ知らなかった。

それ自体はべつに、世代的背景もあるのだからしかたがない。だが穂乃実は、クライアント相手に使う敬語すら怪しかった。謙譲語、尊敬語、丁寧語の区別をつけさせるために国語ドリルを従業員に買い与えたのは、はじめてのことだった。

「サトちゃんのデスクに、ちゃんとメモを置いといてね」

「はい！」

そんな基本的なことも、指示がないとやり忘れる。返事だけは元気いっぱいで、面接のときは「ハキハキした子」という印象だったのだが、これは反射のようなものだと分かってきた。

「どこからの電話だったの？」

「えっと、聞き取れませんでした」

「ナンバーディスプレイは？」

「携帯番号みたいで、登録されていません」

だったらなぜ、聞き返さなかったのか。こめかみが痛む気がして、麻衣子は指先で揉みほぐす。

「サトちゃんなら見当がつくかもしれないから、とりあえずメモだけは残しといて」

声を荒らげたら負けだと、自分に言い聞かせる。指示を与えている途中で、再び電話が鳴りだした。固定電話ではなく、麻衣子のスマホだ。

画面に表示されている名前は、丸岡千里。麻衣子はすぐに通話ボタンを押し、「サトちゃん、どうしたの？」と尋ねた。

「麻衣子さん、すみません」詫びる千里の声は、どこか苦しげだ。

「実は通勤途中に、交通事故に遭ってしまって」

「ええっ！」

予想外の事態に、心臓が跳ねた。

いや落ち着けと、胸元を撫でる。こうして電話ができるくらいなのだから、たいした怪我ではないのだろう。

「それで、脚の骨がちょっと。数日後には手術になるみたいで」

充分、大事だった。

「入院になるってこと？」

「すみません。全治三ヶ月から、四ヶ月らしいです」

冗談じゃない。六月と七月は、社労士が最も忙しい時期だ。クライアント企業の労働保険の年度更新と、社会保険算定基礎届の作成業務が一度に降りかかってくる。どちらも、七月十日が締め切りだ。

麻衣子は自分が持っている仕事だけで、すでに手一杯だった。千里に回したクライアントまで引き受けるとなると、寝る暇もなくなってしまう。

ちらりと横目に、穂乃実を見遣る。「なんでしょう?」と言わんばかりに、穂乃実はにっこりと首を傾げた。

ああ本当に、退職したアヤちゃんがいてくれたらいいのに。

本格的に、頭痛がしてきた。だがたとえ建前だとしても、これだけは言っておかないと。

麻衣子はどうにか、震える声を絞り出す。

「分かった。仕事のことは心配せずに、サトちゃんは怪我を治すことを一番に考えてね」

三

腕時計にちらりと目を落とす。すでに、二時を過ぎていた。

急がなければと、気が焦る。それなのにマンション一階の駐輪場まで来て、萌香がイヤイヤとぐずりだした。履いている靴が、やっぱり気に入らないという。

徒労感の広がる体を励ましつつ、岩瀬耀太は幼い娘を抱き上げた。

「なんで？　萌のお気に入りじゃない。似合ってるよ」

「カエルさんがいいのぉ。アリエル違うのぉ」

「あれ長靴だよ。雨降ってないし」

「イヤー!!」

萌香は耀太の腕の中で、海老反りになって泣いている。腕力のない女性がこの相手をするとなると、さぞかし大変だろうと思う。

耀太でも、なりふり構わず暴れる子供は怖い。下手に押さえつけたら怪我をさせてしまいそうだ。

いつもなら機嫌よく履いてくれる、ディズニープリンセスの絵柄がプリントされたスニーカー。今日にかぎってそれが嫌だという理由が、さっぱり分からない。

時間があるなら戻って履き替えさせてもいいが、幼稚園の迎えがある。遅くなると、今度は陸人が臍を曲げる。

せめて車が使えれば楽なのだが、出入口前の道路が渋滞するので園では禁止されている。二歳の萌香を家に一人残してゆくわけにもいかず、足を突っ張って嫌がるのをどうにかこうにか、三人乗りの電動アシストつき自転車の前の席に座らせた。

子育ては体力勝負だ。やれやれと、気を抜いたのがいけなかった。萌香が自由になる両腕を無茶苦茶に振り回し、その拳が耀太の顎にヒットした。

軽い衝撃が頭に抜け、自転車のサドルに手をつく。肉体的なダメージはさほどでもないが、メンタルのパワーゲージは確実に削られた。こめかみに突き刺さる我が子の叫声を聞きながら、泣きたいのはこっちだと額を押さえる。

萌香はイヤイヤ期の真っ最中で、なにをするにも嫌だ嫌だと大騒ぎだ。自我が芽生えはじめた証拠であり、寝言ですら「嫌ぁ」と呟いているのを聞くと面白くもあるが、つき合わされるほうはたまらない。とにかく物事が進まなくて、余裕を持って行動を起こしてもいつの間にか時間が消えている。

今日は特に機嫌が悪いのか、昼食に出したオムライスのケチャップのかけかたが気に入らないと泣き、皿をひっくり返し、スープを頭から浴びた。いっそう激しく泣きわめく萌香をなだめすかしてシャワーを浴びさせ、髪を乾かし、着替えのために出した洋服も「嫌！」と突っぱねられる始末。

極めつきはお腹が空いているだろうと思って渡したベビードーナツの、穴の部分を食べさせろときたものだ。これはなにか、哲学的な問いなのか。イヤイヤ期の子供の要求は、次元が違う。

耀太は長く息をつき、感情の昂ぶりを逃がした。怒ってもしょうがない。これは子供の発達における、一つの過程だ。むしろ正常に育っている証拠と喜ぶべきなのだ。ある時期を過ぎれば嘘のように収まることは、長男の例で知っている。

今だけ。今だけなのだと、耀太は己に言い聞かせた。


泣き疲れたのか、自転車で五分程度の幼稚園に向かう途中で、萌香はうつらうつらと舟を漕ぎはじめた。ヘルメットを被せた頭がいかにも重そうに、右に左に揺れている。片手で支えてやりながら目的地に着き、抱き上げると、ふにゃあとひと声だけ上げて首にしがみついてくる。体温が高くて、触れ合うところがたちまち汗でじとりと湿った。

五月に入り、肌を刺す日差しはいかにも紫外線が強そうだ。子供用の日焼け止めを持ってくればよかった。せめて陸人が、まっすぐ家に帰る気になってくれるといいのだけれど。

そんな願いも虚しく、先生に呼ばれて保育室から出てきた陸人はまだまだ元気いっぱいだった。

「おっせぇじゃん！」と、耀太の顔を見るなり文句をつける。お迎えは二時から二時半の間に行けばよく、まだ十五分ほど余裕があるのだが、仲良しの友達が帰ってしまって痺れを切らしていたらしい。

「ほら、早く。早く公園行こう」

やはり、大人しく家に帰ってはくれないようだ。

「陸人くんは、まだ遊び足りないんだねぇ」

担任の朱莉先生が、眼鏡の奥の目を細める。子供は若くて可愛い人が好きだから、まだ二十一歳の先生は大人気だ。

「また明日ね」

「うん、じゃあね！」

そう言い合って、ハイタッチを交わす陸人は嬉しそうに笑っている。

朱莉先生の笑顔は、耀太にとってもささやかな癒やしだった。頬の肉づきがまろやかで、とろんとした目元が愛らしい。

「いつも、お疲れ様です」と労われ、ついはにかんでしまった。

「パパ、急いで急いで！」

陸人はエネルギーの塊だ。敷地内の駐輪場まで、我先にと駆けてゆく。萌香が腕の中で寝息を立てているため、走って追いかけることもできない。

「今日は公園お休みにしない？　萌香寝ちゃったし」

陸人が後ろの座席によじ登ろうとしているところに追いつき、自転車を支えてやる。案の定、「ええーっ！」という不満そうな声が返ってきた。

お迎えの後はいつも、仲良しの友達が遊んでいる近くの公園に行きたがる。陸人が耀太の到着を心待ちにしているのは、そのためだ。

友達が遊んでいるなら、そりゃあ混ざりたいだろう。だけどたまには、こっちの都合も考えてほしい。

なんてことを、五歳児に聞き分けてもらおうというのも無理な話か。陸人は「やだやだ」と足をばたつかせ、ヘルメットを被らせようとしても顔を背ける。萌香が寝ているときくらいは、「嫌」という単語を聞きたくない。

「分かった。じゃあ十分だけね」

それだけで済めばいいがと思いつつ、耀太は洩れそうになったため息を飲み込んだ。

最寄りの公園に着いてみると、子供たちは案の定、お気に入りのキリンの滑り台で遊んでいた。自転車から下りるなり一目散に駆けてゆく陸人に「転ぶなよ」と声をかけ、ゆっくり寝られなくてむずかる萌香を抱え上げる。「よしよし」と揺すってやりながら、そのままベンチでたむろしている母親たちのほうへと足を向けた。

「こんにちは。今日はずいぶん暑いですね」

当たり障りのない、笑顔と挨拶。外面は、そんなに悪くないつもりだ。

「ああ、リクトくんパパ」

「ホント、帽子被ってくれればよかった」

「こんにちは。モエカちゃんはおねむなんですね」

ヒロキくんママ、レンくんママ、ハヤテくんママがやんわりと微笑(ほほえ)み返してくる。彼女たちの、それぞれの名前は知らない。あくまでも子供を介した関係性で、互いを深く知る必要は感じなかった。

「重いでしょう。座ったらどうです？」

萌香が起きていればその相手をしていればいいのだが、これでは断る口実がない。寝る子はどんどん持ち重りがしてくるもので、耀太はしかたなく指し示された隣のベンチに腰掛けた。

「そうだ、リクトくんパパ。秋のバザーって、去年はなにを出しました？」

レンくんママが、身を乗り出して尋ねてくる。彼女のところは二年保育で、四月に入園したばかり。バザーには保護者のハンドメイド雑貨を出す決まりになっていることを、他のママから聞いたのだろう。

「うちは、バスボムを」

「ええっ、すごい。作れるんですか」

「重曹とクエン酸と天然塩があれば、簡単ですよ。あとは色をつけたり、アロマを染みこませたりですね」

「あれ玩具が中に入ってて、うちの子大喜びでしたよ」

ハヤテくんママは昨年、手製のバスボムを買ってくれたようだ。

「ありがとうございます。玩具は百均のですけどね」と、耀太は首の後ろを掻いた。

「そっか、ハンドメイドといっても、針と糸を使うものばかりじゃないんですね。私、お裁縫がとにかく苦手で」

「僕もですよ。雑巾を縫(ぬ)うのがやっとです」

それどころか妻の麻衣子は、ミシンに糸を掛けることすらできない。通園バッグや弁当袋といったものは手作りが望ましいと園から通達があったときも、「外注しよう」とすぐさまスマホを手に取った。今はサイズを伝えれば入園セットを作ってくれる個人や業者がいくらでもいて、裁縫嫌いの救世主となっている。

「なんでしょうね、この手作り信仰。バザーって、家の中の不用品を持ち寄るものじゃないんですか?」

園によって方針は様々だが、多かれ少なかれ手作り推奨の傾向はある。中にはお弁当に冷凍食品を使うことを禁止しているところもあるそうで、手作りか否かで愛情を計るのもいい加減にしろと言いたくなる。

だがバザーの手作り品に関しては、それなりの理由があるようで。

「昔はそうだったみたいよ。でもそれだと、本気でいらないゴミみたいなものを持ってくる人が出てくるんだって。そんなに都合よく不用品があるわけでもないから、わざわざ買って用意しなきゃいけなかったりもしていて、もうクレームだらけ。それで手作り雑貨って縛りができたらしいよ」

誰にでも話しかけて情報を集めてくるヒロキくんママが、したり顔でそう話す。レンくんママは眉を寄せ、うんざりしたように息をついた。

「なるほどねぇ。そう言ってくれたら納得なのに。さっき朱莉先生にも聞いたんだけどさ、『手作りが決まりなので』って言うばっかりで」

「あの人やっぱり、頼りないよね」

「うんうん。『優しくって好き』って子供は言うけど、優柔不断なだけじゃんってね」

朱莉先生の名前が出たとたん、ヒロキくんママもハヤテくんママも前のめりになった。

若すぎるせいかおっとりとした性格だからか、先生に対するママたちの目は厳しい。朱莉先生の悪口を聞き流しながら、耀太は子供たちが遊ぶキリンの滑り台に顔を向けた。

いくら場数を踏んでも、女たちの会話に加わるのは苦手だ。人の悪口や噂話にはうんざりするし、時折「悪い人じゃないんだけどさ」なんていうひと言を挟んで、自分が悪者になることを巧妙に避けようとする。

子供たちが「好き」と言っているなら、それが一番じゃないかと思うのだが。本音を洩らそうものなら、「これだから男親は」とか「若い女には甘いよね」とかいう、白けた目で見られると分かっている。

だから彼女たちの意見に、異を唱えることはできない。にこにこしながら視線を逸らし、空気のようになって遣り過ごす。夫や義実家への愚痴大会がはじまったときも、同様だ。

稀に「リクトくんパパはどう思います？」と話を振られたとしても、男目線からの意見を求められたのだと張りきってはいけない。この場では、同調以外の反応は求められていないのだ。

ということを、陸人を幼稚園に入れてからの一年余りでたっぷり学んだ。保育園に預けていたころも送り迎えは耀太の仕事だったが、あちらは基本的に共働き世帯だから、こんなふうに無駄話に興じることもなかった。

つくづく思う。育児の世界では、専業主夫の耀太はマイノリティーなのだ。表面上は「羨ましい」と褒められたりもするけれど、本当の意味で受け入れられはしない。彼女たちに対して無害でいるかぎりは、こうして存在を許されているだけのこと。

「それに朱莉先生って、男親と女親じゃ態度違いすぎるよね」

「分かる。声のトーンが全然違う」

「上目遣いだしね」

朱莉先生に対する不満をぶちまけ合うのもしょっちゅうなのに、毎度はじめてのことのように盛り上がる。貴重な時間が擂り潰されてゆくのを感じながら、耀太は貼りつけた笑顔が引きつらないように努める。

萌香に手がかかったせいでシンクには洗い物の食器が積み重なっているし、汚れた服やバスタオルは後で洗おうと放置してきた。子供の昼寝中は溜まった家事を片づけるチャンスなのに、この調子では、家に帰るころには萌香はぱっちりと目を覚ましてしまうだろう。

他の三人のママたちは、どうしてこんな無駄話をしていられるのだろう。不毛にもほどがある。ハヤテくんママだって下にもう一人いて、今はベビーカーの中ですやすやと眠っている。家に帰ればいくらでも、やるべきことがあるだろうに。

もしかして俺の要領が悪いんだろうかと、少しばかり不安になった。

陸人と約束した十分は、もうとっくに過ぎていた。

五歳児に、細かい時間の観念などない。滑り台の上り下りを繰り返している彼らはきっと、永遠に近い時間の中に遊んでいる。

そろそろ帰りたい。焦れる気持ちで子供たちを眺めていたら、おかしいことに気がついた。

滑り台を滑ってくるのはいつも、四人のうち三人だけだった。そのメンバーは、毎回イレギュラーに変わっている。残された一人はみんなが階段を上ってくるまでその場で待ち、そしてまた別の一人が取り残される。

あれは、どういう遊びだ？

気になって、萌香を抱いたまま立ち上がった。近づいてゆくと、項垂(うなだ)れたキリンのてっぺんにたむろする子供たちの声が、風に乗って聞こえてきた。

「仲間はずれヒロキくん。一人だけヤコブ組！」

それに続いてわっと歓声が上がり、名指しされたヒロキくんだけを残して滑り降りてくる。

通っている幼稚園がカトリック系だから、クラス名が使徒の名前だ。ヒロキくん以外は皆、ヨハネ組である。

どうやら毎回仲間はずれを決めて、その子には滑り台を使わせないという遊びのようだ。今はまだ特定の子を攻撃しているわけではなさそうだが、これはそのうちいじめに繋がるんじゃないか。腹の奥がひやりとする光景だった。

「あれ、よくないですね」

異変に気づいたらしい他のママたちも、いつの間にか後ろについてきていた。

甲高(かんだか)い笑い声を上げながら、子供たちは転がるように滑り台の階段を上ってゆく。下から「おーい！」と呼びかけても、気づかない。

子供たちが集まると、さっきは一人だけ取り残されたヒロキくんが、待ってましたとばかりに人差し指を突き出した。

「仲間はずれ、リクトくん。一人だけ、パパが働いてない！」

下りてきなさいと言いかけた口が、「お」の形に固まった。

ヒロキくんママが反射的に「コラ！」と叫び、滑り台に駆け寄ってゆく。

なんてこと言うの、謝りなさいという叱り声。気まずそうな視線。握りしめられた陸人の、小さな拳。

すべてが事細かに、記憶の中にすり込まれてゆく。きっと耀太以上に、陸人の頭に。

あの子はこの瞬間を、何度も取り出して眺めることになるのだろう。おそらく、大人になってからも。

そんな予感がしていた。

四

萌香にせがまれて同じ絵本を四度読み聞かせ、五度目は勘弁してくれと部屋を真っ暗にした。息を殺して寝たふりをしていたら、ほどなくして安らかな寝息が聞こえてくる。

ほっとして、気配を感じさせないように布団から滑り出た。つられてうっかり寝てしまうことも多いが、今夜は神経が尖っているせいか、瞼(まぶた)が重くならなかった。

陸人の寝つきがいつもより悪かったのも、同じ理由からだろうか。蹴り飛ばした布団を掛け直してやり、耀太は足音を忍ばせて子供部屋を後にした。

子供たちが寝てくれてやっと、やり残した家事に取りかかれる。リビングに散らばった玩具を片づけ、掃除機をかけるには遅い時間だからと床拭きシートをフローリングに滑らせる。夕飯の皿を洗い、シンクを磨き、取り込んでおいた洗濯物を畳んでゆく。

邪魔さえ入らなければ軽々とこなせる作業なのに、子供がいると捗(はかど)らない。アニメを流しっぱなしにしておけばしばらくは大人しいが、そういうものに頼りすぎるのもどうかと自制が働いてしまう。兄妹で遊びはじめてくれて助かったと思っても、たいていは萌香が陸人に泣かされて大騒ぎになった。

こんなにも、毎日疲弊するほど忙しくしているのに。

「パパが働いてない、か」

いったい働くって、なんなのか。こうして家族のために料理、洗濯、掃除、その他諸々の家事をこなすのだって、労働ではないのか。そこに金銭が発生するか否かだけで、尊さが変わってしまうのか。

主夫業に専念すると決めたことに、悔いはなかった。看護師として夜勤もこなす母親の代わりに妹を育ててきた経験があり、家事にだって自信があった。それに、仕事に一生懸命な麻衣子を尊敬してもいた。

二人の出会いも、彼女の仕事絡みだ。当時耀太はソフトウェア開発のＳＥをしており、休日出勤はあたりまえ、家には寝に帰るだけという日々を過ごしていた。

二十代のころは、それでなんとかなっていた。でも三十を越えたあたりから、体がついてこなくなった。椅子に座りっぱなしの毎日で、食事も偏っていたのだから、当然のことである。

そうなってからやっと、なぜこんなに働かされているのだろうと疑問を持った。残業が多い部署だから、給与は定額残業制に基づき支払われていた。

つまりみなし残業時間を設定して、その分の残業代が基本給に上乗せされて支払われるシステムである。しかしあらためて給与明細を確認してみると、『定額残業代を含む』と記載されているだけで、それがいくらになるのか明記されていなかった。

もしかして俺、みなし残業時間以上に働いてないか？

その場合の超過分は、サービス残業になってしまう。おそるおそる上司に相談してみるも、「残業代は規定分支払われている」という答えしか返ってこなかった。

そういうものか。とは、納得できなかった。だが営業部の無茶振りとクライアントのわがままに振り回され、思考が削ぎ落とされた同僚たちとは、結託が望めそうになかった。

この場合は、労働基準監督署に連絡すればいいのだろうか。でもその前にワンクッション、相談できる機関がほしかった。

麻衣子の顔が頭に思い浮かんだのは、そのときだった。

数ヶ月前に社内で催された、ハラスメント研修に来ていた講師だ。たしか、社会保険労務士と名乗っていたっけ。

その際の資料を確認すると、岩瀬社労士事務所の連絡先が載っていた。さっそく電話をしてみると麻衣子本人が出て、すぐ社長に確認してみると請け合ってくれた。

結果として固定残業手当は、一ヶ月あたり三十時間相当分が支給されていた。耀太の残業時間は少ない月でもそれを超えており、会社には超過分の残業手当を支払う義務があった。

麻衣子の指導により、職場環境は大幅に改善された。三十時間超過分の残業手当が支払われるようになり、それにより膨れ上がった残業代を削減するため、業務の見直しと徹底的な効率化が図られた。そのお陰で週に三日ほどは、帰宅してから料理を作れる程度の余裕が生まれた。

直接麻衣子に礼を言うと、彼女はしれっとした顔で言ったものだ。

「勘違いしないでください。社労士は労働者の味方ではありません。クライアントはあくまでも経営者です。ただ違法行為を見逃せば将来的に彼らにとって不利益が出るかもしれませんから、様々なご提案をしたまでです」

その言い分に、耀太はしびれた。自分のスタンスを明確にしながらも、押さえるべきところは押さえてくる。一見少しぽっちゃりとした、笑顔の可愛い女性なのに、なんて格好いいんだろうと思った。

それっきり、会えなくなるのは嫌だった。だが一労働者の耀太には、社労士と関わるような用事などそう頻繁にあるわけがない。

だから彼女が発信する情報を、ネットで調べた。近々北区のコミュニティセンターで、セミナーが開催されるらしかった。参加費用は三千円。すぐさま申し込んだ。

セミナーの間はもちろん、終わった後も、麻衣子に話しかけることはできなかった。ただ真面目に雇用保険にまつわるレクチャーを受けて帰り、そしてまた岩瀬社労士事務所のホームページをチェックして、セミナーの案内が出れば申し込んだ。

　麻衣子から声をかけられたのは、三度目のセミナーの前だった。耀太は会場近くの公園で、手製の弁当を食べていた。

　初夏だった。「こんにちは」と挨拶を寄越した麻衣子の、白いスーツが眩しかった。

「いつも、ありがとうございます」

　このところ立て続けにセミナーに申し込んでいたのが、ばれていた。下心まで見透かされている気がして、耀太は「はぁ」とうつむいた。

「お弁当、美味しそうですね。彼女さんの手作りですか？」

「まさか。そんなの、いません」

「じゃあご自分で？」

「まぁ。料理は、好きなので」

「あら、素敵」

　麻衣子のふっくらとした頬に、笑窪が浮かんだ。誰もが認める美人ではないかもしれないが、愛らしかった。

「いいですね。手料理なんて、もうずいぶん食べてないなぁ」

　今度作ってきましょうか。と言いかけて、さすがに気持ち悪いかと考え直す。ひと言も返せずにいると、麻衣子はふふっと肩をすくめた。

「どうですか。以前よりは少し、働きやすくなりました？」

セミナーではそんな素振りを見せなかったから、それより前に会っていたことは忘れられたのかと思っていた。まさか、覚えていてくれたなんて。耀太の心は舞い上がった。

そうか、俺はこの人に惚れているんだな。

実感すると、急に恥ずかしくなった。彩りのために入れておいたプチトマトをまだ食べてもいないのに、口の中が酸っぱくなって、頬がキュッと引き締まる。

身の置きどころのない感じがしたが、悪い気分ではなかった。麻衣子を食事に誘うまで、それからさらに半年かかった。


今思えばイニシアチブは、常に麻衣子の側にあった。

そのくせ決定的なひと言は、必ず耀太に言わせたがった。

食事をして帰るだけのデートを何度か重ねた後、麻衣子は「私たちの関係ってなんでしょうね？」と聞いてきた。だから意を決して、「もしよければ、つき合ってください」と申し込んだ。

麻衣子が「忙しくて、あんまり会えないなぁ」と零したときも、耀太から「じゃあ、一緒に住まない？」と誘った。

芸能人の結婚のニュースを一緒に見ていたときも、「私の場合は、苗字が変わるのがネックだなぁ」と言うから、「俺が岩瀬姓になればいいよ」と答えたのがプロポーズになった。

子供をどうするかと話し合っていたときだって、同じだ。「そんなに仕事を休めない」と言う麻衣子に対し、あたりまえのように返した。

「だったら俺が、仕事辞めればいいんじゃない?」と。

自分でも驚くくらい、その言葉はすんなりと出てきた。

麻衣子はそのころ、産業カウンセラーの資格試験の準備を進めていた。事務所は軌道に乗っているように見えたが、現状維持のつもりでいると先細りするからと、決して努力を怠らなかった。

その頑張りを傍で見てきたからこそ、耀太は麻衣子を尊敬し、支えたいと思っていた。

一方では仕事人としての、自分の限界を感じてもいた。耀太は、SEの才能に乏しかった。高校卒業後に情報処理系の専門学校へと進んだのも、元々その方面に興味があったからじゃない。看護師だった母親を間近に見てきて、手に職をつけたほうがいいと考え、選んだ道だった。妹の唯が管理栄養士を選択したのも、同じような思考によるものだろう。

才能の差は、専門学校時代からすでに感じていた。未経験から同じ授業を受けてプログラミングを学んでいるはずなのに、クラスメイトの理解度の差が凄まじいのだ。制限時間内にプログラムを書くという課題も、一行も進まない奴もいれば、楽々三百行書けてしまう化け物もいる。あれはもはや運動神経や音楽的才能と同じく、天性のものなのだ。

耀太の成績は、ちょうど真ん中くらいだった。就職の際は延々とプログラムを組み続ける仕事は無理と判断し、全体の調整役ともいえるＳＥを選んだ。

　しかしＩＴの世界というのは日進月歩だ。極端に言えば、昨日の知識が今日には古くなっている。なんとかついて行かねばと机に噛りついている横で、元々才能のある奴らはまるで水を飲むように新たな知識を吸収してゆく。

　さらに追い打ちをかけるように、歳と共に衰えゆく記憶力と理解力。この先四十歳、五十歳になっても、同じ仕事を続けていけるとは思えなかった。

　実力不足ゆえに、仕事から逃げたのだと笑う人もいるかもしれない。でも一人で生きてゆくわけでないのなら、適材適所だ。耀太は仕事よりも家事や育児のほうで、能力が発揮できるタイプだった。

　この選択を、後悔したことはない。育児はそりゃあ大変だし、延々とループする遊びにつき合っていると発狂しそうにもなるが、子供たちが幼いうちの、貴重な時間を共有しているという喜びもある。多くの父親たちはたとえそう望んだとしても、これほど濃密な関係を築けないだろう。

　それに麻衣子だって「耀ちゃんのお陰で私は仕事に専念できるよ。ありがとう」と、言葉にして労ってくれる。耀太は耀太で、外で働くことの大変さが身に染みているから、麻衣子があまり家事を手伝ってくれなくても不満はない。

　身も蓋もない表現だが、自分たちはギブ・アンド・テイクのバランスが取れている。よその家とは、役割分担の比率がちょっと違うだけ。夫婦それぞれに事情があるのだから、皆ちょうどいいバランスを探りながら、その時々によって役割を変えていけばいいのだと思う。なんてことを、五歳児にはまだうまく説明できない。

息子を叱るヒロキくんママは、こう言っていた。

「パパがお家にいたっていいの。リクトくんちはね、代わりにママが働いてるんだから」

代わりに？　と、細かな表現に引っかかってしまうのは、器が小さいせいだろうか。だったらあなたも、旦那さんは自分の代わりに働いていると思っているんですか？　そんなことは思っても口には出さないが、胸に溜めているともやもやと燻ってくる。

壁掛け時計は、間もなく十時を指そうとしていた。

麻衣子はまだ、帰らない。社労士資格を持つスタッフが事故で入院してしまったらしく、入って間もないアルバイトと二人、毎日遅くまで対応に追われている。その上クライアントの社長に誘われれば酒の席にもつき合うのだから、体が一つでは足りないのではないだろうか。

体調を、崩さないといいけれど。

今日も夕飯はいらないと連絡がきたから、酒だろうか。麻衣子は酒豪といってもいいほど酒には強いが、知らぬ間に無理を重ねていそうだ。

俺の愚痴は、聞いてもらえそうにないな。

それでなくとも、胸のうちをもう少し整理してから話したほうがいい。今はまだ、感情的になってしまう。

一番大事なのは、陸人に負い目を感じさせないこと。よそとはちょっと違うかもしれないけど、うちの両親は最高だぜと、胸を張ってもらいたい。

そのためには、くよくよしてないで頑張らないとな！

明日の幼稚園は、お弁当の日だ。陸人の大好きな、手作りミートボールを入れてやろう。

「よし！」と両頬を叩き、冷蔵庫から合い挽き肉を取り出す。料理はいい。悩みごとがあったとしても、作業をしているうちは深く考え込まずにすむ。

たくさん作って冷凍しておこうと、耀太は挽肉をこねはじめた。

五

麻衣子は日付が変わってから帰宅した。

『今から帰る』とスマホにメッセージが入っていたから、寝支度に入っていた耀太は起きて待っていた。

「疲れた」と珍しく弱音を吐いて、麻衣子は着替えもせずソファに沈み込む。全身から、酒のにおいを強く発していた。

「水飲む？」

「うん、お願い」

麻衣子が通販で定期購入している、フィジーだかなんだかの水をグラスに注いでやる。鉱物の含有量が多く、飲みはじめてから肌の調子がよくなったらしいが、見た目にはよく分からない。値段が高いので、耀太はこれまで一度も飲んだことがなかった。

「ありがとう」

グラスを受け取って水を口に含む麻衣子の、首回りが赤く染まっている。ずいぶん飲んだようである。

飲み会なんて、もうずいぶん行ってないな。

陸人が生まれてから、夜に一人で出かけることがなくなった。会社員時代の同僚とは連絡が途絶えているから、気軽に飲みに行ける相手もいないのだけど、飲み会の雰囲気自体は嫌いじゃない。なにより耀太は子供を介さない、大人同士の会話に餓えている。

仕事の一環だと分かっていても、「いいな」と羨む気持ちが湧(わ)いてきた。記憶が美化されて、飲み会というものがひどく楽しかったものに思えてくる。

麻衣ちゃんの忙しいのが終わったら、ひと晩だけでも自由にさせてもらおうかな。

そんなことを考えていたら、麻衣子が急に顔をしかめた。

「え、なに。なんか油臭い」

「あ、ごめん。さっきミートボールを大量に揚げたから。においまだ残ってた?」

「うん。耀ちゃんに染みついてる」

耀太は着ているTシャツの、肩に鼻を寄せてみる。言われてみれば、臭い気がしなくもない。風呂は子供たちと済ませているから、このまま寝るつもりだったのだが。

「悪いけど、ちょっと離れて。気持ち悪くなりそう」

口元をグラスの側面で押さえて、麻衣子は空いた手を突き出してくる。

子供たちのために頑張っているのに、そんな言いかたはない。

でもそれを言うなら麻衣子だって、子供たちのために頑張って稼いでいる。このところ休みなしで働いているせいで、豊かな頬が少しやつれたようだし、目の下が落ち窪んでいた。

きっと麻衣子のほうが余裕がないはずだと、耀太は苛立ちを飲み込んだ。

後ろに下がりながら、「ごめんね」と謝る。

「大丈夫？　最近疲れてるから、お酒の回りも早かったんじゃない？」

「そうかも。ちょっと飲み過ぎた。異業種交流会で、たまたま大学時代の先輩に会ってさ。二軒目に流れちゃった」

「異業種交流会？」

その言葉の響きに、こめかみがぴくりと動いた。

麻衣子はなんでもないような顔をして、「うん」と頷く。

「言ってなかったっけ？」

「晩ご飯は、いらないとしか」

「そうだっけ」

こっちは麻衣子の体調を、心配しているっていうのに。それはこの休みも取れないほど忙しい時期に、どうしても参加しなければいけない会なのか。

「あのさぁ」と、絡み口調になってしまう。

「社長さんたちからの誘いを、無下にできないのは分かるよ。だけど異業種交流会なんて、無理して行くものじゃないでしょ」

「え、なんなの？」

麻衣子の眼差しが尖った。にこやかにしているといかにも優しそうなのに、真顔になると急に凄みが出る。彼女の生来の我の強さが、無防備にさらされるのだ。

「べつに遊びに行ってるわけじゃない。これだって仕事なんだけど」

その言い分も分かる。異業種交流会には中小企業の経営者が多く参加している。麻衣子にとっては、新規顧客開拓の重要な場だ。

「今日再会した先輩だって経営者で、就業規則を作りたいって言うから話を聞かせてもらってたの。ちゃんと仕事を取ってきたんだよ」

「取ってきてどうするの。全然手が足りてないのに」

麻衣子の小鼻がひくりと動く。グラスをローテーブルに置き、立ち上がった。

「仕事のこと、耀ちゃんにとやかく言われたくない」

「心配してるんだよ。この間だって、バイトの子が全然使えないって嘆いてたじゃない。新規開拓に力を入れるのは、『アヤちゃん』が復帰してからでもいいだろ」

「アヤちゃんはこの間退職した子。今入院してるのはサトちゃん」

論点がずれるから、今はどっちだっていい。そもそも事務所のスタッフを、下の名前をもじった愛称で呼ぶのが理解できない。それこそ今は、どうだっていい話なのだが。

「とにかく、優先順位を決めないとパンクするだろ」

「それで？　いざサトちゃんが戻ってきたときに、仕事が減っていたらどうするの。取引先とはこの先も、永続的に契約関係が続くとでも思ってるの？」

「そうは言ってないよ」

「あなただって取引先との折衝をしていたんだから、分かるでしょ。事業の成長と業績低迷のリスクを避けるために、新規開拓は怠れないって」

「それは分かるよ。でも麻衣ちゃんのキャパシティが――」

「不安なのよ！」

耀太を遮って、麻衣子は叫ぶように訴えた。首元に滞っていた皮膚の赤みが、頬にまで広がっている。

「業績が少しでも下がると不安なの。まだまだマンションのローンはあるし、子供たちの学費もいくらかかるか分からない。大学まで行くならあと二十年近くは養わなきゃいけないけど、そのころにはこの国の経済はどうなってるの？　それに私たちの老後のお金は？　全部、私一人の肩にかかってるんだもの。サトちゃんが戻ってくるまで三ヶ月も四ヶ月も、ぼんやりしていられない！」

息継ぎもろくにせず、麻衣子は一気にまくしたてた。少しもつっかえることがなかったのは、何度も頭の中で反芻されてきた言葉だからなのだろう。

バブル崩壊から三十数年、この国はゆっくりと閉じてゆき、しかもまだその途上である。誰もがこの先の時代に希望を見出せないでいるから、消費を渋り、デフレ経済からも抜け出せない。

そんな中で働くということは、空気のかぎられた風船に包まれているようなもの。この空気がいつなくなるのかと、不安にならないほうがおかしい。ましてや麻衣子は、家族三人を養う身だ。

俺が、働いていないのが悪いのか？

だけど、二人で話し合ってそう決めた。耀太が働きだしたら麻衣子の育児負担はゼロとはいかず、けっきょく仕事をセーブする羽目になる。それは嫌だと、麻衣子自身が言ったんじゃないか。

ただ無理はしないでほしいと、伝えたかっただけなのに。

怒りよりも虚しさが胸の内に広がって、耀太は黙りこくってしまった。

麻衣子は緩くウェーブのかかった髪を掻き回し、ため息をつく。

「お風呂、入ってくる」

そう言って脱衣所に向かいかけ、その途中で「痛っ！」と叫んだ。

なにかと思えばラグの下に、片づけ忘れた陸人のトミカが潜り込んでいたのだった。

よっぽど体重をかけて踏んだらしく、麻衣子は床に座り込んで悶絶している。よりによって誤って踏むと一番痛い、はしご車だ。

「ごめん、大丈夫？」

耀太は慌てて麻衣子の傍らに座り込む。足の裏を見ようとしたら、体をよじって背中を向けられた。

今聞こえたのは、舌打ちだろうか。

「最低。こういうの、ちゃんと片づけといてよ。どうせ一日中家にいるんだから」

吐き捨てるような口調が、胸に刺さる。

きっと麻衣子は、疲れているのだ。

でも「耀ちゃんのおかげ」と労ってくれるときの笑顔より、目の前の背中のほうによっぽど真実味が感じられた。

第二章

一

溝鼠(どぶねずみ)色の雲が低く垂れ込めて、じりじりと頭頂を圧迫してくる。

関東甲信越地方は昨日梅雨(つゆ)入りしたとかで、この鬱陶(うっとう)しい天気がこの先一ヶ月以上も続くのかと思うと気が滅入(めい)る。なにより気圧が下がると、頭が痛む。

窓の外の曇天(どんてん)を恨めしく睨(にら)みながら、麻衣子(まいこ)はペットボトルの水で痛み止めを飲んだ。若いころは気候がこれほど体調に影響するとは思ってもみなかったけど、今なら高齢者が寄り集まって天気の話ばかりしているのも納得できる。

麻衣子は深く息をつき、目頭を揉(も)んだ。眼球の奥に尖ったものを感じるのは、積み重なった疲労のせい。いったい今日で何連勤になるのか、もはや数えたくもなかった。

四月に交通事故に遭った丸岡千里(まるおかちさと)は、まだ入院中だ。退院は、今月下旬になるという。それでも当分は車椅子だろうから、在宅勤務に切り替えるつもりでいる。

そうなれば、データ入力くらいは任せられるのだが。猫の手すら借りたいのは、まさに今このときだった。

七月十日に控える労働保険の年度更新と、社会保険の算定基礎届の締め切りに向けて、凄まじい量のデスクワークが山積している。継続的なつき合いのない企業からもスポットでの依頼が入り、断ってもよそに流れるだけなので無理をしてでも引き受ける。こういう機会が、新たな顧問先獲得に繋がるかもしれないからだ。

ガツガツ仕事を取りに行かないと、社労士の個人事務所なんて先が知れている。

なにが、優先順位よ。

先月の耀太の言葉を思い出すと、今でも神経がキリリと尖る。心配されているのは分かるけど、無理をせずに済む状況なら麻衣子も進んではしないのだ。

休みたい気持ちは山々だし、できることなら昼過ぎまで惰眠を貪っていたい。それでも体に鞭打って働いているこんなときに、「無理はしないで」と薄っぺらな言葉を投げかけられたところで、腹が立つばかりだった。

優先順位をつけるとすれば、新規顧客獲得が第一でしょうが。

社会人経験があるといっても、耀太はしょせん元会社員だ。事業者としての不安など分かるまい。業績が落ちても労働者はよそへ逃げられるが、経営者は首を括ることだってある。

そりゃあ、子供の相手だけしてりゃいいんだから気楽だろうけどさ。

こんなに苛々(いらいら)しているのは、自分に余裕がないせいだと分かっている。いつもなら「そうね、詰め込みすぎないよう気をつけるわ」と笑って返せるようなことだった。だけど今は、本当にイレギュラーなのだ。

通勤途中にコンビニで買ったエナジードリンクの缶に手を伸ばしかけ、さっき薬を飲んだばかりだと思い直す。頭痛はまだ重く居座っていて、去る気配がなかった。

それでも午後からは、労務相談のアポがいくつか入っている。事務所にいられるうちに少しでも、デスクワークを消化してしまわないと。

こめかみを揉みながら、デスクトップのパソコンを立ち上げる。起動画面越しに、アルバイトの小河穂乃実(おがわほのみ)の姿が目に入った。

彼女には、算定基礎届の入力を頼んでいる。

健康保険料や厚生年金保険料は、四月、五月、六月に支払われた給料を元に毎年見直しが行われる。それにあたって会社が提出する書類が、算定基礎届。我々社労士はクライアントから送られてきた資料を元に、書類を作成してゆくのだ。

六月の給与が確定してからでなければ手を着けられない作業だから、まさに時間との闘いである。せめて締め切りが八月にならないものかと、毎年詮無(せんな)いことを考えてしまう。

そんなスケジュールのタイトさを知ってか知らずか、穂乃実は右手の人差し指一本でゆっくりゆっくり、慎重にキーを押している。極度の近視らしく、画面と顔の距離が異様に近い。眼鏡をかけているのは飾り物か。たぶん度が合っていないのだ。

しかも決められたフォーマットにデータを打ち込むたびに、元資料と見比べていちいち指差し確認をしている。これでは膨大な量の仕事は、いつまでたっても終わらない。

ただでさえ、人手が足りないっていうのに――。

よりによってこんなときに、ひどい人材を採ってしまったものである。採用したのは自分だから、誰にも文句は言えないのだけど。

「ねぇ、小河さん。悪いんだけど、もう少しだけ手を早めてくれない?」

本当は「遅いよ」と叱りたいくらいだけど、パワハラになっちゃいけない。引きつった笑みを浮かべ、麻衣子は「お願い」という形を取る。

画面から目を逸らし、穂乃実は生真面目に訴えてきた。

「でも、入力ミスがあっては大変です。働く人の保険や、将来の年金に影響することなんですから」

そんなことは小娘に講釈されなくても、痛いくらいに分かっている。反論されて、さすがにムッと眉根が寄った。

「そこまで慎重にならなくっていいのよ。クライアントに渡す前に、私がちゃんとチェックするから」

「でも所長だってお忙しいじゃないですか。チェック洩れがあっては大変です」

それは、私の事務能力を疑ってるってことかしら？

ダメだ、卑屈になってはいけない。穂乃実の言っていることは、たしかに正しい。正しいのだが――。

「そうね。だけどミスをなくすのと同じくらい、締め切りに間に合わせることも大切よ」

「でも――」

だから！　会話をいちいち否定からはじめるんじゃないわよ！

衝動的に、机の脚を蹴りたくなった。どうにか堪えて、エナジードリンクのプルタブをプシュッと起こすに留める。

ああもう、開けちゃったじゃない。

遣り切れなさが、肩周りにべたりと貼りついてくる。この疲労は、エナジードリンク一本ではどうにかできそうにない。

近ごろの苛々の原因は、仕事量と人手の足りなさ、それからこの穂乃実である。

以前なら返事だけは「はい！」と威勢がよかったが、最近は環境に慣れたのか、こんなふうに反論してくるようになった。「はい！」だろうが反論だろうが、どのみち仕事のできなさは同じなのだが、言い返されたぶん、こちらは神経が尖る。また反論が屁理屈ではなく正論だから、「それは違うでしょう」と丸め込んでしまえない。

本当に、腹が立つったら！

けれども穂乃実はまだ社労士資格もない、アルバイトの身だ。千里の急な入院で、彼女の能力をはるかに超えたしわ寄せが行っていることは否めない。それでも逃げずに毎日出勤してくれるのだから、ありがたいと思うべきだ。

こんな人でも、いないより少しはマシなんだから。

今から募集をかけたって、労務知識のある即戦力が見つかるはずもない。ましてや千里が退院してくるまでの、短期雇用なんて。

そう考えて、穂乃実と二人でなんとか六月を乗りきろうと決めたのは自分だ。ここで穂乃実に辞められてしまっては、それこそ仕事が回らなくなる。

落ち着け、落ち着け。アンガーマネジメントの六秒ルール。心の中で数を数えながら、この怒りに点数をつける。平穏な状態をゼロとして、人生最大の怒りを十としたときに、今はどのくらいかと相対的な評価を下すのだ。

大丈夫、せいぜい三か四。声を荒らげるほどの事態ではない。

麻衣子はゆっくりと息を吐き出し、穏(おだ)やかな声音を取り戻す。

「小河さんはうちに入ってまだ日も浅いのに、こんなことになっちゃって申し訳ないと思ってる。無理を言って、残業までしてもらってるものね。だけどもう少し手を早めれば、残業せずに帰れると思うのよ」

穂乃実にははじめから、麻衣子が自分でやれば午後の早い時間に終わる程度の仕事量しか任せていない。それを一時間か二時間残業してやっとなのだから、経験のなさを差っ引いても異常な手の遅さだ。残業代がもったいないから、せめて勤務時間内には収めてほしいところだった。

「あの、それなんですが」

ようやく「でも」以外の返答があった。麻衣子は「なに？」と笑顔を作る。

「月末に、全国中間模試があるんです。だから当分、残業はできません」

悪びれもせず、穂乃実はきっぱりとそう言い切った。

社労士の資格試験があるのは、八月だ。穂乃実が夜間コースに通っている専門学校では、それに向けて六月と七月に模試があるという。

ならばそちらを、優先させてあげるべきとは思う。けれども仕事がいかにも滞っているこの状況で、よくもまぁ平然と言ってのけたものだ。

だから、残業にならないようペースを上げなさいって言ってるんじゃないのよ！

現在の怒りの数値は、六か七。

暴言が飛び出す前に麻衣子はエナジードリンクの缶を引っ掴み、甘すぎる液体をごくりごくりと飲み干した。

まったくもう、ランチを食べる暇もない。

移動にかかる時間を差し引いて、事務所を出なければいけないギリギリまで事務仕事をこなし、麻衣子は電車に飛び乗った。

目指す先は、西新宿。赤羽からは埼京線で新宿まで出て、少し歩く。比較的築浅らしい、ビルの五階だ。大きく切り取られた磨りガラスのドアには、ミリオンコンテンツといういかにもＩＴ企業らしき社名が掲げられている。

ドアの前には、受付代わりの内線電話。受話器を取る前に、麻衣子は化粧ポーチから小さな鏡を取り出した。

素早く目元を確認して、ハンカチの角でマスカラが滲んだ下瞼を拭う。小走りをしたせいで乱れた髪を撫でつけて、新色の口紅が落ちていないかをチェックした。

子供ができてからずっと化粧品はドラッグストアのもので済ませていたのに、久し振りにデパコス、すなわちデパートコスメを買った。美容部員の若い女性に似合う色を選んでもらったところ、なんだか二、三歳は若返った気がする。

なにを浮かれているんだか。

自分自身に呆れつつ、電話をかける。応対したのは女性の声だったが、「お待ちください」と言われてしばらく待っていると、長身の男が「よぉ」とドアを開けた。

青春の面映ゆさがよみがえり、麻衣子は口元をキュッと窄める。二十年ぶりだというのに、この人の印象は驚くほど変わらない。

多田一歩、通称イッポ先輩。大学時代の、テニスサークルの先輩だ。

軽薄そうなのに意外と気配りができて、昔からとにかく女にモテた。テニスをした記憶などないくらい飲み会ばかりしていたサークルだったが、その割に治安がよかったのは、イッポ先輩が「合意のないセックス禁止」という唯一のルールを掲げていたからだ。

「飲み過ぎてる女の子がいたら、酔い潰れるのを待つよりチェイサー頼んでやる男のほうが圧倒的にカッコいいじゃん」

なんてキザなことをさらりと言って、自分は合意の上でやりまくっていた。それでも一度もトラブルにならなかったのは、つき合う女性のチョイスが上手かったからだ。きっと嗅覚が鋭いのだろう。重くなりそうな相手とのワンナイトは、徹底的に避けていた。

麻衣子もまた、イッポ先輩に淡い憧れを抱いていたくちだ。けれども恋と呼べるほど強い想いではなかった。ポジションとしては、彼の妹分の一人。イッポ先輩が一年早く卒業してしまうと、急につまらなくなってサークルを辞めた。卒業後は、一度も連絡を取り合わなかった。

「忙しいのに、わざわざ来てもらって悪いね」

イッポ先輩が、来客用スペースに麻衣子を案内して席を勧める。黄緑色のソファに、折りたたみ式のハンモックチェア。遮る物の少ない開放的なオフィスで、この応接スペースですらガラス張りだ。

決まった席を設けないフリーアドレスが採用されているらしく、ガラスを隔てた向こう側でスタッフは、ラップトップ一つを抱えて好きなところで仕事をしている。カウンター席にソファ、靴を脱いで寛げる座敷まであるのが驚きだった。

「イッポ先輩らしいですね」

ソファに腰を落ち着けて、麻衣子は肩をすくめる。

「なに、馬鹿っぽいところが？」

「遊び心のあるところが、ですよ」

どっちも似たようなもんじゃんと、先輩が笑う。目の下のだぶつきや笑い皺にはたしかに二十年の歳月が刻まれているが、そこがまた大人の魅力になっている。

服装は自由らしく、柄物の開襟シャツと細身のボトムス。四十を過ぎても体型が維持されているのは、そうとうな努力の賜物に違いない。学生時代に比べると十キロほど増量してしまった麻衣子は、さりげなく体を斜めに向けた。

「失礼します」

Tシャツにジーンズというラフなスタイルの男の子が、飲み物を運んできた。

来客へのお茶出しは男女を問わず気づいた人がやることになっているらしく、そういうところも好感が持てる。スタッフは全員まだ若いようだから、むしろそれがあたりまえなのだろう。

把手つきの紙コップの中身は、ほうじ茶だった。香ばしくて美味しいが、あまりオフィスの雰囲気にそぐわない。そう思っていたら、イッポ先輩がにやりと片頬を歪めて見せた。

「これね、宇治から取り寄せてるほうじ茶。最近のお気に入りなの」

「なるほど。ここぞとばかりにご自分の嗜好をぶち込んできますよね」

「そりゃあね。だからこそ、こんな会社を立ち上げちゃったわけだし」

イッポ先輩の肩書きは、ミリオンコンテンツの代表取締役社長。主な事業内容は、合コンマッチングサイトＢＭＧの運営である。ちなみにＢＭＧとは、Boy Meets Girlの略だという。

「知り合いに、マッチング系の詐欺サイトに金むしり取られた野郎がいてさ。一方では出会いも男運もないって嘆いてる女子もいるわけじゃん。少子高齢化の世の中これじゃいかん、だったら俺が安心安全でリーズナブルに利用できる出会いの場を作ってやろうと思ったの。コンパならそりゃあもう山ほどやってきたわけで、イッポ先輩に任せんしゃいですよ」

そんなことを言って、大手不動産会社の営業から華麗なる転身を果たしたのだから畏れ入る。もっともその際に、妻子には逃げられたらしいのだが。

「好きなことをやって、順調に業績を伸ばしているんだから素晴らしいですよ」

「おっ、相変わらず人をおだてるのが上手いねぇ。そんじゃま、本題に入りましょうか」

イッポ先輩と再会したのは、先月の異業種交流会がきっかけだ。思わぬ偶然と麻衣子の社会保険労務士という肩書きに驚き、「こりゃなにかのお導きだろ」と、就業規則の作成を依頼してくれた。

就業規則とは、労働者の給与規定や労働時間といった労働条件、労働者が遵守するべき職場内の規律やルールなどをまとめたもので、従業員を常時十人以上雇用している企業にはその作成と、労働基準監督署への届出が義務づけられている。

麻衣子は鞄から、オリジナルの就業規則ヒアリングシートを取り出した。クライアント先の従業員構成、現在の労働条件、遵守・禁止事項について、細かく項目が分かれている。これを土台として、その会社の実態に沿った就業規則を作成するのだ。

就業規則のひな形やテンプレートなど、今どき探せばネットにいくらでもある。素人のにわか勉強では手が届かないところまできっちりフォローしないかぎり、社労士がついている意味がない。

「従業員は今のところまだ八人なんだけど、早めにと思ってね。近いうちに、事業拡大を考えてるもんで」

「なるほど、それもマッチング系ですか？」

「そうそう。近ごろの若いのはマッチングサイトやアプリにあんまり抵抗なくってね、会員数増えてんのよ。男女の出会いにかぎらず、飲み友達や趣味の友達までアプリで探したいって人も多くてさ。そっち系に手を広げようと思ってんの」

「へぇ」と、麻衣子は異世界の話でも聞いたように相槌を打つ。

実際に、異世界だ。麻衣子はどうしても「ネットで知り合った人と会うなんて怖くないの?」と思ってしまうが、物心つく前からネット環境に囲まれて育った世代にとっては、たんなるツールの一つに過ぎないのだろう。

そしてそんな異世界を軽やかに、楽しげに飛び回っているイッポ先輩は、やっぱり学生時代と少しも変わっていなかった。

ふふっと笑うとその振動で、横隔膜が動いた。「あ、やばい」とある予感がして、急いで腹部に力を入れる。そんな努力も虚しく、はっきりと聞こえる音でお腹が鳴った。

「お、いい音」

イッポ先輩は、聞こえないふりをしなかった。麻衣子の腹の虫を褒めて、爽やかに笑う。

「そういや俺も、昼飯まだなの思い出した。悪いんだけど打ち合わせの続き、喫茶店に移動してからでもいい? 旨いサンドイッチを食わせる店があるんだよ」

そう言って、返答も待たずにゆらゆら揺れていたハンモックチェアから立ち上がる。

もちろん麻衣子に否やはない。サンドイッチというのも、打ち合わせの邪魔にならず小腹を満たせるいいチョイスだ。

んもう、相変わらず上手いなぁ。

広げた書類をまとめながら、麻衣子は口元をキュッと窄めた。

二

イッポ先輩お勧めのサンドイッチは、本当に美味しかった。

スモークサーモンとクリームチーズ、そしてアボカドがバランスよく黒パンに挟まれていて、自家焙煎されたコーヒーもまた香ばしい。今どき珍しくジャズのレコードがかかる店内は時間がゆったりと流れていて、仕事中ではあるけれど、久し振りに脳がほぐれた。

遊び心のある人は、息を抜くのも上手いと思う。

お陰で残りのアポイント先も、軽快な足取りで回ることができた。イッポ先輩は一種のカンフル剤だ。彼が一人いるだけで、その場が活性化する。エナジードリンクなんかより、よっぽど効果抜群だった。

よし、この勢いでもうひと頑張り。

麻衣子は牛丼屋の袋を提げて、事務所に戻った。このところてっぺん越えが続いているから、帰宅するまでお腹がもたない。なによりそんな真夜中に夕飯を食べると太る。だから耀太には、「特に連絡がないかぎり、私の分は作らないで」と伝えてある。

本当は、家でゆっくり食べたいけどね。

夕飯が牛丼やコンビニ弁当ばかりだと、さすがに厭(あ)きる。でもこれが永遠に続くわけでなし、しばらくの辛抱だ。

今日の目標帰宅時間は、二十三時半！

そう心に決めて、事務所の鍵を開ける。ただ今の時刻は、十九時過ぎ。十八時が定時の穂乃実は、本当に残業をせず帰ったようだ。なんとなく彼女に鍵を預けるのは嫌で、先に帰る場合は一階にあるダイヤル式の集合ポストに入れてもらうことにしていた。

むしろあの子がいないほうが、精神衛生上はいいわ。

麻衣子は自分のデスクに座り、さっそくパソコンを立ち上げる。行儀は悪いが牛丼を食べながら、穂乃実との共有フォルダにアクセスした。そこに本日入力を終えた分の、算定基礎届が入っているはずだった。

「えっ、これだけ？」

ファイルを開いた瞬間に、拍子抜けして呟いた。従業員数二十名規模の会社のデータが、たったの二社分。それ以外に作成された書類はない。

あまりにも、少なくない？

残業ができないのは、もう分かった。それにしても、割り振られた仕事をできるかぎり片づけてから帰ろうとはしないだろうか。この仕事量では昼寝でもしていたのかと、疑いたくなってくる。

「しかも、間違えてるし」

食べかけの牛丼と箸を放り出し、麻衣子は「ああ、もう！」と両手で顔を覆う。

入力した数字をひと桁ずつ指差し確認しておきながら、なぜ間違えるのか。なにが「入力ミスがあっては大変です」だ。

「じょうっ、だんじゃないわよぉ！」

事務所に一人きりなのをいいことに、天を仰いで絶叫した。ついでにリクライニングに寄りかかって、両足をバタバタさせる。軽く息が切れてきたところで、やめよう、体力の無駄遣いだと我に返った。

とたんにずどんと、両肩が重くなる。イッポ先輩のカンフル剤も切れたようだ。

憤っている暇があるなら、手を、とにかく手を動かさなければ。目標帰宅時間がまた後ろにずれてしまう。

残りの牛丼を掻き込んで、容器を片づけもせずデスクに取りつく。「やれば終わる、いつかは終わる」と虚ろに唱えながら、穂乃実が作成した書類を修正してゆく。

そんな麻衣子をあざ笑うかのように、バッグに入れっぱなしだったスマホが鳴りだした。

「せやからお前、ちょっと様子を見てきてくれへん？」

着信は、実の兄の巧からだった。ディスプレイに表示されたその名を見たとたん、無視してしまおうかとも考えたが、めったに連絡など取らない相手だ。両親になにかあったのかもしれないと、電話に出たのが運の尽き。

「簡単に言わんといて。私も忙しいねん」

方言も、疲れた声も取り繕わずに言い捨てる。この兄に愛想よくするのは、愛想がもったいないというものだ。

「お母さんは、お兄に相談してきたんやろ。それならアンタが行くのが筋ちゃうん？」

「無理やて。近々でかいイベントが控えてんねん」

「そんなん、私かて無理です。繁忙期なんですぅ！」

「ほらオカンも、女同士のほうが話しやすいやろし」

「雑に括らんといてくれる。私とあの人が、腹割って話してんの見たことある？」

「またお前、そんなんゆうて」

聞き分けがないなと言いたげに、電話の向こうで巧がため息をつく。親の負担を妹に押しつけたいだけのくせに、わざとらしいことこの上ない。

「だいだい店畳むって、お父さんも年金だけでやっていけんの？」

「貯蓄もあるし、やっていけるから畳むことにしたんちゃう。知らんけど」

この兄ときたら、責任逃れの才能だけはピカイチだ。せめて金銭の絡むことは、突っ込んで聞いてほしかった。

「一人になりたいゆうてるオカンに、あんまり突っ込んだこと聞かれへんやん」

ただたんに、面倒くさかっただけだろうに。今度は麻衣子が、心の底からため息をつく番だった。

なんでも長年クリーニング店を営んできた父が、七十になったのを機に店を畳むと決めたそうだ。自店洗い自店仕上げの店で、腕には定評があったけど、さすがに体がついてこなくなったのかもしれない。

その決断は、ひとまずよしとしよう。けれども母が、「だったら私も、もう自由になりたい」と言いだしたというから大変だ。

「一人になりたいってなに。つまり、お父さんと離婚したいってこと?」

「知らん。でもとにかく、家は出たいらしいわ」

すっかり忘れていた頭痛が、じんわりとよみがえってくる。また薬が必要になりそうだと、麻衣子は額に手を当てた。

「出てどうするん。あの人、一人暮らしもしたことないやん」

結婚前の母は、家事手伝い。結婚してからはずっと、専業主婦でやってきた。我（が）の強い祖母からは「気の利かん嫁」などと揶揄（やゆ）されていたが、父は間に立って庇（かば）うでもなく、「どうせうちを出ても行くとこないんやから、我慢しとけ」と母を諭（さと）した。母の実家は米屋という家業ごと、兄夫婦のものになっていた。

祖母のいびりにも父の事なかれ主義にも、麻衣子はいちいち腹を立てた。でも一番うんざりだったのは、そう言われて本当に我慢してしまう母に対してだった。

家事育児に夫と義母の世話、それから店の手伝い。母には自由な時間など、ほぼなかった。PTAの仕事で家を空けただけでも、「嫁が外で遊び歩いてる」と祖母は近所に言いふらした。

思春期を迎えると麻衣子は最も身近な同性が虐げられているのに我慢できず、代わりに祖母や父に言い返した。けれどもいつだって、「やめなさい」と母に叱られた。母のために怒ったはずなのに、母に頭を押さえつけられて、「すみませんでした」と謝罪させられた。

あの家では、女は出しゃばらないのが美徳だった。兄はそんなしがらみとは無縁に、のびのびと育った。麻衣子が口答えをしようものなら祖母は「生意気な！」と血相を変えたけど、兄なら「やんちゃやなぁ」で片づけられた。母の期待もただひたすら、兄だけに向かっていた。

「だからな、どこまで本気か分からへんから、様子見に行ってきてくれゆうとんねん」

巧の声が、苛立ってきた。自分の思い通りに事が運ばないと、すぐこれだ。会話が振り出しに戻ってしまった。

「行けるか！」と、強く言い返す。実家は滋賀の大津市である。

「お母さんは、お兄に電話したんやろ。つまりお兄に来てほしいんやろ」

母の愛情の差は、歴然だった。二つ違いの兄妹だから小学校の授業参観はあたりまえに被ったが、麻衣子の教室に母は十分もいなかった。なにをするにも、兄が優先。学業だけは優秀だったから、母は兄に心血を注ぎ込んだ。まるであの家から連れ出してくれる、王子様を育てようとしているみたいだった。

「お兄ちゃんにお金かかるから、マイちゃんは地元の短大で我慢してな」

兄が東京の有名私大に受かったとき、母は浮かれ喜び、麻衣子にはそう言い渡した。

にもかかわらず麻衣子が進学で東京に出てこられたのは、なにを血迷ったか兄が「役者になりたい」と言って勝手に大学を辞めてくれたからである。お陰で兄に使われるはずだったお金が浮いた。そのことだけは、ろくでなしの兄に今でも感謝している。

「無理やて。来月の幕張海浜公園のフェス、あれ俺が手がけとんねん」

イベントオーガナイザー。兄の肩書きは、なんだか胡散臭い。その傍ら今でもたまに役者として舞台に立っているそうで、元舞台女優の妻と、高校生になる娘がいる。住まいは杉並区で同じ都内なのに、ほとんど交流がないのは気が合わないからだ。

「知らんわ。それ終わったら行ったらええやん」

「その後もイベントや舞台でギッチギチやねん」

「ますます知らんわ」

麻衣子は壁掛け時計にサッと目を遣る。こんな話をしている場合ではないのに、電話が長引いている。

どれだけ会話を引き伸ばしたところで、巧には母の様子を見に行くつもりなどないのだ。彼は麻衣子が折れるのが当然と思っているし、そうしないかぎりこの電話は終わらない。

醜い責任の押しつけ合い。つくづく嫌になってくる。

「もうええわ」

麻衣子は椅子の背もたれに頭を預け、巧が待ち望んでいたひと言を口にした。

「行ってくれるか」

「すぐは無理やで。来月の、半ば以降なら動けると思う」

「おお、頼むわ。陸人(りくと)と萌香(もえか)は元気か？」

巧の声は、すっかり上機嫌だ。最後は明るく締めくくりたいのか、子供たちの話題を持ち出してきた。

「元気やで」

「今、近くにおるん？」

「ううん。私まだ、事務所」

「そうか。こんな時間までお母さん仕事で、可哀想やな」

イラッと、瞬間的にこめかみが熱くなった。嫌味で言っているわけじゃない。巧は子供たちに同情しているのだ。それは分かる。分かるけども――。

よけいなお世話！

と、怒鳴りつけなかった自制心を褒めてやりたい。巧を怒らせると、また言い合いになって時間が無駄になる。

「はいはい、そういうことで！」

語気が荒くなるのを抑えきれず、麻衣子は「それじゃあね！」と言って通話を断ち切った。巧はまだなにか言っていたが、聞いてやらない。その勢いで、スマホの電源ごと落としてしまった。

「しんど」

バッグにスマホを押し込んで、西のイントネーションのまま呟く。なぜこんなにしんどいことばかり、波のように押し寄せてくるのだろう。

お祓（はら）いにでも行こうかな。

信心などないくせにそんなことを考えて、麻衣子はデスクに突っ伏した。


熟年離婚という言葉が一般的になったのは、いつごろのことだろう。たしか昔、そんなタイトルのドラマもあった。

すでに新鮮味のない言葉だし、実際にそういう事象を耳にしたりもする。でもまさか、自分の両親にそのおそれがあるなんて、思ってもみなかった。

なんでよ？　と、記憶の中の母に問うてみる。

子供たちを独立させて、うるさかった姑を見送り、家業も畳むのなら、あとは悠々自適に過ごせばいいんじゃないの？

麻衣子としては、できるかぎり夫婦二人で暮らしてほしい。歳も歳だ、いつなにがあるか分からない。

孤独死の末、一ヶ月後に発見なんてことになったら、周りにも迷惑をかけてしまう。そこまで極端な例でなくとも、病気や怪我をするかもしれない。それならば、二人でいてくれたほうが安心だった。

長年、我慢してきたんじゃない。負担が減ったとたんに、なんでちゃぶ台返しをしちゃうのよ。

母は背中を向けたまま、答えない。こうはなるまいと、反面教師にしてきた背中だ。この人はいつだって、麻衣子のほうなど見ていなかった。

「麻衣子ちゃん、もしかして寝てるの?」

分厚い意識の膜越しに、気遣わしげな声が聞こえてくる。億劫だが、麻衣子はゆっくりと瞼を持ち上げた。

「寝てない。考えごと」

自宅リビングのソファである。帰ってくるなり座り込んで、じっとうつむいていたのだ。耀太に声をかけられなければ、本当にこのまま寝てしまったかもしれない。

耀太は襟つきのパジャマ姿で立っている。律儀(りちぎ)にそんなものを着るところが、彼らしいといつも思う。麻衣子が帰ってきたのに気づき、寝室から出てきてくれたのだろう。

その肩越しに見える時計は、午前零時四十分を指している。けっきょく、てっぺんを越えてしまった。

「お化粧だけでも落としちゃえば？」

「そうだね、そうする」

言われてみれば、顔が重たい。ファンデーションがよれてもたついている感じ。麻衣子は立ち上がり、よろよろと洗面所に向かった。

手早くメイクを落としてから、鏡を覗き込む。目の下のクマと小皺がひどい。イッポ先輩は目元の加齢も色気になっていたのにと、性差を羨む。

明日、ドラッグストアで目元用のシートパックを買ってこようかな。

ううん、それよりもっと、高いブランドコスメにしよう。こんなに頑張っているのだから、少しくらいご褒美があってもいいはずだ。基礎化粧品も、いっそいいものに買い換えてしまおうか。

そんなことを考えながら化粧水と乳液で肌を整え、リビングに戻る。なんだかいいにおいがすると思ったら、耀太がキッチンで鍋を温めていた。

「ねえ、野菜スープだけでも飲まない？」

「いらない」

耀太の問いに、麻衣子は脊髄反射のような速さで答える。

「でもこのところ、コンビニ弁当とかそんなのばっかでしょ」

「いらないいったら」

本音を言えば、お腹は空いている。野菜たっぷりのスープを飲めば、体が温まってよく眠れることだろう。

でもとっさに思い浮かんだのは、イッポ先輩の細く長い脚と、突き出ていないお腹だった。それに引き替え、この人ったら。

自分の体型を棚に上げて、麻衣子は耀太の曖昧になったフェイスラインを睨む。専業主夫になってから、体が全体的に丸くなった。どちらかといえば、女性的な太りかただ。

やっぱり、ずっと家にいるせいかな。

外で働いていないと、男性ホルモンが減るのかもしれない。ええっと、なんていったっけ。テストステロンだっけ。

「せめて、お椀一杯分だけでもさ」

「しつこい。なんなの最近。母親なの？」

実の母には、お節介など焼かれたことはない。それなのに、ついそう言い返してしまった。

耀太は少し傷ついたようだった。肩を落とし、カチリとガスの火を落とす。

「心配してるだけだよ。ねぇ、次の日曜休めない？」

休めたら、苦労はしない。この時期になにを言っているのかと、麻衣子は返事をため息で返す。

「子供たちと、鉄道博物館に行く約束をしてるんだ」

言い訳のように、耀太が続ける。大宮にある鉄道博物館は、陸人の聖地だ。ミニ電車を運転できるコーナーもあり、鉄道に興味のない萌香でも楽しめる。

「一緒に行かない？　ちょっとした息抜きにさ」

麻衣子は思わず笑ってしまう。出版予定の本の執筆も、担当編集者に頼んで締め切りを延ばしてもらったくらいだ。仕事を放り出して、五歳と二歳の相手をする暇がどこにある。

「子供たちと一緒で、息抜きになるはずないじゃない」

「そういう言いかたはないよ」

耀太の薄い八の字眉が、いっそう情けなくしかめられる。

このところ、言い合いばかりだ。疲れが溜まって、八つ当たりをしているという自覚はある。だが耀太も近ごろしつこいのだ。

「二人とも、寂しがってるよ。ママとお話できてないってさ」

「そんなふうに責めないでよ。私だって申し訳ないと思ってるんだから」

巧に続き、耀太までが。うんざりして麻衣子は首を振る。

子供たちのことは、可愛いに決まっている。寂しがられると、胸が痛む。その痛みを抱えつつも可愛い子たちを養うため、身を削るようにして働いているというのに。どうして、ひどい母親のように言われなきゃいけないのだろう。

「お願いだから、七月半ばまで待って。ちゃんと家族サービスするから」

「サービスって言いかたもなんかさぁ」

「じゃあどう言えばいいのよ」

ああ、しんどい。耀太はきっと、真面目すぎるのだ。だからこそ安心して家のことを任せておけるわけだけど。

疲れて帰ってきてもイッポ先輩なら、冗談の一つでも言って笑わせてくれるんだろうな。また行きたいな。ジャズが流れる、サンドイッチの美味しい喫茶店。耀太とじゃ、ファミレスばかりになっちゃうもの。

次の打ち合わせは、また来週。就業規則の作成が終わっても、顧問契約を結んでもらえるように働きかけよう。もちろんこれは、社労士としての仕事の一環である。

「ねぇ麻衣ちゃん、聞いてる？」

疲労のあまり、思考がよそに飛んでいた。そろそろ限界だ。

「ごめん、もう寝させて」

弱々しく訴えると、耀太も「ごめん」と謝り、口を噤む。

会話を終わらせたいときには、このやりかたが一番だった。

三

どうも、怪しい。

洗面所のゴミ箱に捨てられた、化粧品の空き箱。しゃがんでそれを拾い上げる。

ブランド物に興味のない耀太でも知っている、Cが二つ重なったようなロゴマーク。裏を返してみれば、『目もとクリーム』とある。

近ごろ、多いんだよな。

はじめはディオールの口紅だった。それを皮切りにイヴ・サンローランやジバンシィといった、高級コスメの空き箱を目にするようになった。短いスパンで買い集められているらしい。

べつにゴミ箱を漁っているわけではないが、こういったブランドは箱にもコストをかけているため、目立つのだ。ゴミ捨ての際に、どうしても目についてしまう。

なんで急に、こんなもの。

もともとコスメが好きだったなら、怪しまない。でも子供を産んでからの麻衣子は、明らかにお洒落には手を抜いていた。

それなのに——。

「耀ちゃん、耀ちゃん。萌香が牛乳こぼしてる!」

「えっ、大変」

手にしていた空き箱を、反射的にスウェットのポケットへ突っ込んだ。スリッパを鳴らしてリビングに駆けつけると、麻衣子が萌香を立たせて床にこぼれた牛乳を拭いていた。

「私もう行かなきゃいけないから、あとお願い」

「分かった」

萌香は胸から腹にかけて、牛乳まみれになっていた。着替える前の、パジャマ姿だったのがまだ救いだ。

「今日も、ご飯いらないから」

「うん、気をつけて」

娘のパジャマを脱がしてやりながら応じる。六月の半ばを過ぎても、麻衣子は相変わらず忙しい。ウインナーをピノキオの鼻に見立てて「見てママ、ねぇ見て！」と注意を引こうとしている陸人にも、「はいはい」と生返事をしている。

忙しいのは、毎年のこと。結婚して六年目ともなれば、社労士の繁忙期くらいは把握(はあく)している。今年は特にスタッフが足りなくて、苦労しているのも分かっていた。

そのわりに、潑剌(はつらつ)としてないか？

大事な妻に、悄然(しょうぜん)としていてほしいわけではない。でも激務のわりに、麻衣子の顔は消耗しているように見えない。もちろん寝不足によるむくみや目の下のクマなどはあるが、表情の明るさがそれらをカバーしている。

唇の発色がいいからかな。

口紅の色の違いなら耀太でも、どうにか識別できる。少しオレンジがかった色は、麻衣子によく似合っていた。

今日はディオールの日か。

毎日見ていると、分かってくる。いつもの口紅の日と、ディオールの口紅の日がある。どういう基準で使い分けているのかは謎だった。

「あっ、ママ。それ、つけてる！」

陸人がはしゃいだ声を上げて立ち上がる。指差しているのは、麻衣子のバッグにつけられたキーホルダーだ。

「あのさ、それさ、パパが選んだんだよ。俺は、はやぶさにしようって言ったのに」

先日子供たちと行った、鉄道博物館のお土産である。交通系のＩＣカードでおなじみの、ペンギンのぬいぐるみがぶら下がっている。子供っぽいが、鉄道に興味のない麻衣子にはこちらのほうがましだろう。

「そっか、ありがとう」

陸人の頭をひと撫でして、麻衣子は慌ただしく廊下へと続くドアを開ける。

「あ、ゴミ。これ全部まとめてある？」

「うん。ごめん、口を縛ってなかった」

「はいはい、大丈夫」

部屋中のゴミをまとめて廊下に出しておけば、麻衣子が出勤ついでに捨ててくれる。彼女の担当と、明確に決まっている家事はこれだけだ。

「じゃあ行ってくるね」

玄関で靴を履(は)いて、麻衣子がゴミ袋片手に振り返る。

「行ってらっしゃい」と、耀太は子供たちと声を合わせた。


ポケットに入れてしまった空き箱を写真に撮り、画像検索をかけてみる。

目当てのページは、すぐに見つかった。

「げ、二万以上する」

思わず小声で呟いてしまう。

内容量十五グラムの、目もとクリーム。ようするに、大さじ一杯弱の分量だ。

それで、二万超え。

信じられない。ワンスプーン二万円の料理などそうそうないのに、化粧品業界ではそれがまかり通っている。これだけのお金があれば、家族四人で美味しい焼き肉をお腹いっぱい食べられただろう。

節約してるのが、馬鹿みたいだな。

検索なんか、しなけりゃよかった。みじめな気持ちになってくる。

麻衣子の稼ぎが悪いわけじゃないが、子供たちの将来を考えるとお金はいくらあっても足りない。老後の心配までしはじめると、いったいどれだけ貯めればいいのか。

稼ぎがないぶん、支出を抑えてうまくやりくりするのも自分の務め。だから耀太はスーパーの特売に詳しいし、ポイントもちまちまと貯めている。使っているのは格安スマホ。洋服なんて長らく買っていないから、今着ているストライプの半袖シャツもすっかり色が褪(あ)せてしまった。

だいたい、「目もとクリーム」ってなんだ。

スキンケア商品なのは分かるけど、それを塗ることによってどれほどの効果があるというのか。二万円以上もするならさぞかしピンと張った目元になるのだろうと思いきや、麻衣子を見るかぎり気休め程度でしかないようだ。

いつも飲んでいる水といい、たまに子供たちに買ってくるブランド服といい、収入の先細りを心配しているわりに、麻衣子には無駄遣いが多い。最近は、せせこましい耀太を見下しているようにも感じられる。

麻衣子ちゃんが頑張って稼いだお金なんだから、あんまりうるさく言いたくないけどさ。

生活費に手をつけるようになったらさすがに注意するべきだが、今のところポケットマネーでまかなっている。それによって麻衣子の気持ちが満たされるなら、必要なものともいえるのだろう。

だがこれまでドラッグストアのへちまローションで済ませてきた人が、唐突に高級クリームを買いはじめた理由は気になる。

「よぉ」

考えを巡らせながらスマホ画面を見つめていたら、後ろから肩を叩かれた。

無意識にシャットダウンしていた、周囲の喧噪（けんそう）がよみがえる。周りの話し声、食器の触れ合う音、「レモンサワー二つ」と店員が厨房に向かってオーダーを入れている。

「なにこれ、キャバクラのお姉ちゃんへのプレゼント？」

そんなはずはあるまい。勝手に人のスマホを覗き見るなというのだ。

耀太は呆れつつも振り返る。懐かしい人物がそこに立っていた。


赤羽というのは飲んべえの街である。

多くの居酒屋が昼から開いており、なんなら早朝から酒を飲ませる店もある。

久し振りに会った峰岸孝治（みねぎしこうじ）は向かいの席につくなり、「生一つね」と近くの店員に人差し指を立てて見せた。

「耀太はなにそれ、ウーロンハイ？」

「いいや、ただのウーロン茶」

「飲まないの？」

「子供のお迎えがあるからね」

陸人は幼稚園、萌香はNPO法人が運営している託児施設に預けてきた。事前予約制で一時間九百円。預ける理由を問われないので、たとえば散髪に行くときなんかに利用している。髪が伸びすぎて困っていたら、ハヤテくんママが教えてくれたのだ。

「本当に専業主夫やってんのな。平日の昼間がいいって言うから、なにごとかと思ったわ」

峰岸は、宇都宮(うつのみや)の専門学校時代の友人だった。地元でSEをやっていたが、一年前に体を壊して退職したと聞いていた。

「そっちこそ、体調はもういいの？」

「まぁね、ちょっとした心の風邪ってやつ。お陰で学生時代の体重に戻ったよ」

顔にたるみはあるものの、ひと目で峰岸と分かったのだから、昔とあまり変わっていない。なんでも病気をする前より十五キロも瘦(や)せたそうだ。

「耀太のほうは太ったな。というか、家畜っぽくなった」

「なんだよそれ」

「猪と豚の違いみたいな？」

「たとえがひどい」

せめて鴨と家鴨にしてくれ。馬鹿にされていることに、変わりはないけど。

東京に行く用事があるから会えないかと、峰岸から電話があったのが三日前。長らく交流の絶えていた友人が唐突に連絡を寄越してきたときは、宗教かマルチの勧誘を疑うのが基本だ。それでも「平日の昼間なら」と承諾してしまったのは、耀太自身が子供を仲介しない人間関係に餓えていたからだった。

いいなぁ、ビール。飲みてぇなぁ。

峰岸が運ばれてきた中ジョッキをごくりごくりとあおっている。よっぽど喉が渇いていたのだろう。後から乾杯をしていないことに気づき、中身が半分以上減ったジョッキを耀太のグラスにぶつけてきた。

よりにもよって今日は、梅雨の晴れ間で暑かった。さぞかし旨かろうけど、我慢我慢。酒のにおいをさせてお迎えに行ったら、さすがに顰蹙ものである。

「ええっと、鯉のあらいとホヤ塩辛、まぐろのぶつ切り、あと牛もつ煮込みね」

メニューを見ながら、峰岸が勝手に注文をした。どれも酒に合いそうなものばかり。いっそ恨めしくなってくる。

「それで、こっちにはなんの用で?」

この店に長居するのは辛い。さっそく核心に迫ることにした。

「うん、ちょっと講座を受けにね」

ああ、マルチ商法のほうだったか。耀太は内心ため息をつく。売り物はなんだろう。水か、化粧品か、それとも健康食品か。

「整理収納アドバイザー二級の」

「なにそれ」

峰岸の口から飛び出したのは、思いがけぬ単語の羅列だった。

耀太の困惑をよそに、峰岸はつらつらと説明を並べてゆく。なんでもハウスキーピング協会主催の講座らしく、一日受講するだけで二級の資格が取れるのだという。

「いずれ一級も取るつもりだけど、そっちは一次試験と二次試験をパスしなきゃいけないんだよね」

それはまた、講座を受ければいいだけの二級からいきなり難易度が上がっている。世の中には、実に様々な資格があるものだ。

「いや、そうじゃなくてさ。なんでまた、整理収納の資格なんて」

学生時代、何度か峰岸の部屋に遊びに行ったことがある。男の一人暮らしとは、かくも部屋を荒らせるのかと呆れたものだ。

狭いワンルームの床はもちろん、ベッドの上にまで物が散らばっており、ユニットバスの浴槽には洗っていない洗濯物が積み上がっていた。買ってきたアイスを入れようと冷凍庫の扉を開けると、割れたガラスが庫内に散らばって凍っていたのも衝撃だった。なんでもウイスキーのボトルを入れておいたら破裂したとか。なぜそのままにしておくのかと不思議でならなかった。

その峰岸が、まさか整理収納の資格を取ろうとしているとは。天地が逆になってもあり得ないことに思えた。

「起業しようと思いましてね」

ぱきり。峰岸が割り箸を割る。ちょうどもつ煮込みが運ばれてきた。

「整理収納の？」

「そ、家事代行サービス」

取り分けるという発想もなく、峰岸は料理に箸をつける。簡単そうに言っているが、こんな無神経野郎に務まる仕事なのだろうか。

もつ煮込みの汁をずずずと啜り、峰岸が箸の先をこちらに向けてきた。

「それでさ、耀太。お前も一緒にやらんかね」


テーブルの下でスマホをそっと確認する。

萌香を預けてから、すでに一時間が過ぎている。

託児所の利用料金は、はじめの一時間を過ぎればあとは三十分刻みだ。つまり一時間三十分までなら一三五〇円なのだが、一分でもオーバーすると一八〇〇円になってしまう。

徒歩での移動時間を考えれば、十分前にはここを出たい。あと十四分以内に、話を切り上げてお開きにできるだろうか。

「なぁ、聞いてる？」

耀太の気も知らず、峰岸は生ビールのお代わりを頼んでいる。すでに五杯目。少しばかり領土を広げた額まで、赤く染まっている。

「聞いてるよ」

峰岸の語ったところによれば、彼は退職後の自宅療養中に掃除に目覚めたものらしい。

「嫁さんにばかり働かせて、家でゴロゴロしているのも申し訳なくってさ。できる家事から少しずつしてったのよ。なんもやる気起きないから、最初は無理矢理体を動かしてさ。でもやってるうちに、部屋の汚れと共に自分の中に溜まった膿（うみ）みたいなものまで、綺麗になってく気がしたんだよ」

仕事を辞めて、ちょうど回復期に入っていたのもよかったのだろう。こんなに大雑把（おおざっぱ）な男が神経を病むくらいだから、前の職場はよっぽど過酷だったに違いない。

そしてふと気づけば三十九歳。そろそろ社会復帰をと就職活動を始めたものの、求められるのはＳＥとしての能力ばかり。だが峰岸は、前職とはかけ離れた仕事がしたかった。

それで思いついたのが、起業である。業種を家事代行サービスとしたのは、喜ぶお客様の顔を間近に見たいからだという。

「ほら人間って、指一本動かすのもしんどいときってあるじゃない。そんなとき部屋が汚かったり、ろくなもん食べてなかったりしたら悪循環だと思うんだわ。家事って生活の基礎だからさ」

それこそが、自らの病気を乗り越えて得た教訓なのだろう。熱い思いは、なんとなく伝わってきた。

「でも、なんで俺を誘うの？」

耀太は膝の上にスマホを置いたまま尋ねる。時間はどんどん過ぎてゆく。

「だってお前、家事全般得意だろ。昔、俺んちも掃除してくれたし」

掃除というほど、たいそうなことはしていない。座る場所を作るために、散らかった物を片隅にまとめたくらいだ。

「だいぶ前に仕事を辞めて、働いてないって聞いたしさ」

人聞きの悪い言いかただ。それではまるっきりニートである。

「働いてないわけじゃない。家事育児全般を担ってる」

「世間じゃそれを、働いてないっていうんだよ」

峰岸はまたもや、汚れた箸先で耀太を指した。

「嫁さんがどれだけ稼いでくるか知らないけどさ、大の男がずっと家にいるってさすがに肩身狭くない？　うちも嫁さん放射線技師だから稼ぎいいけど、やっぱり養ってもらおうって気にはなれんわ。だってそんなの、ヒモと一緒じゃん」

目の前が、一瞬赤く燃え上がった。そんなものは偏見だし、反論の余地はいくらでもある。

それでも「違う」と否定する声は、喉に絡んだ。

「養ってもらってるわけじゃない、ただの役割分担。そんなこと言ったら専業主婦の女性はどうなるんだよ」

「え、男と女は違うじゃん」

なるべく穏便にと言葉を選んだのに、理屈にもならないひと言で切り捨てられた。

「俺の主観というよりも、世間の価値観がまだそうじゃん。男が育児に参加して褒められるのは、まず仕事をしてるって前提があるからだろ。耀太の子供は今、幼稚園？　だったらお前、保護者の間で浮いてんだろ」

浮いていない。とは、とても言えない。お迎えの後の公園での、身の置き所のなさはうまく人に説明できない。

「子供が小さいうちはまだいいかもしれないけどさ、大きくなったらどうすんの。まさかずっと専業主夫のまんまってことはないだろ。再就職するにしても、育児でブランクがありますって、女ならともかく男でさ、いい印象は持たれないと思うんだよね。正社員は難しいんじゃない？」

峰岸は遠慮なく、痛いところを突いてくる。耀太自身子供たちが成長した後のことは、まだ考えないようにしていた。下の萌香に手が掛からなくなるには、あと五、六年は必要なはず。だが問題は先延ばしにするほど、深刻になってゆく。

「そんな再就職もままならない状況で仮にさ、嫁さんに先立たれたり、離婚したりってなったらどうするよ。貧困家庭まっしぐらだろ」

手のひらに、嫌な汗が滲みだした。耀太はそれを、チノパンの膝に擦（こす）りつける。

「それは、男にかぎったことじゃない。シングルマザーの貧困率は、度々問題になっている」

「ああ、そうだな。俺はそもそも、どっちかが完全に家庭に入るのはリスクが高すぎると思ってる。俺の病気だって、嫁さんが専業主婦だったらもう詰みだった。二馬力なら、どちらかに働けない時期があってもサポートできるんだよ」

峰岸には子供がいない。だから意外に複雑な問題を、練習問題のように扱って解いたつもりになっている。

実際に、ワンオペ育児を経験してみろよ。

それでも同じことが言えるのだろうか。リスクが高かろうがなんだろうが、どちらかが仕事を諦めないかぎり家庭が機能しない状況だってあるのだ。

反論の余地は、まだまだある。だがこれ以上は感情が爆発してしまいそうで、耀太は下唇を嚙（か）んで堪えた。

家事育児と仕事の比率は、それぞれの夫婦が話し合って決めることだ。耀太の価値観は変わっていない。それなのになぜ、峰岸の意見に心乱されてしまうのだろう。

「なんかいろいろ言っちまったけどさ。そんなわけで、俺と一緒に働かない？」

なにが「そんなわけ」だ。

耀太はスマホの画面に目を落とす。お迎えのために店を出なければいけない時間は、もうとっくに過ぎていた。

四

萌香がせっせと砂山を作っている。

梅雨の時期だから乾いているのは砂場の表面だけで、内側はしっとりと湿っているのだが、山の形がまとまりやすいのでむしろ好都合のようである。

けっきょく託児所に預けていた時間は、一時間四十三分。峰岸の話に耳を貸さなきゃ、もっと早く迎えに行けたのに。聞き捨てならなくてつい、言い返してしまったのが悔やまれる。

夫婦間のワークライフバランスなんて、居酒屋での議論で答えが出るようなものではない。そもそも、正解などないのだから。

岩瀬（いわせ）家の役割分担は、麻衣子と納得し合って決めたことだ。それなのに、峰岸に向かって「よそはよそ、うちはうち」と、胸を張って言えなかった。

それもそうか。片や二万円超えの「目もとクリーム」で、片や四百五十円の保育料を節約できなかったことに落ち込んでいるのだから。耀太はうっすらと、この関係の理不尽さに気づいていた。

麻衣子は、俺のことを軽んじている。

本当は、ずいぶん前から分かっていたのだ。子供たちが寝てから帰宅した麻衣子に、よかれと思ってその日あった出来事を話して聞かせようとすると、「しょうがない、つき合ってやるか」という顔でおざなりに相槌を打つこと。やり残した家事があれば手伝ってくれるけど、内心では「一日中家でなにをしていたのかしら」と思っているらしいこと。

おそらく耀太より、外で働く自分のほうが偉いと無意識に格付けしている。母親とのふれあいがなくて子供たちが寂しがっていても、それは「家のことしかできない」耀太が解決すべき問題なのだった。

もはや、男として見られていない。少しくらいないがしろにしても、耀太のほうからは離れていかないだろうと高をくくっている。実際に麻衣子がいなくなれば、子供二人を抱えて路頭に迷うことは目に見えていた。

シングルマザーの貧困というワードは、ニュースやドキュメンタリー番組でよく耳にしてきたというのに。男女を入れ替えてみてはじめて、問題の深刻さに気づかされる。貧困ははたして自己責任なのだろうか。専業主夫という生きかたを選択する前に、その可能性まで想定しておかなかったのが悪いのか。

悪いんだろうな、きっと。

妻に養われて楽してきたんだから、自業自得。そんな言葉を石つぶてのように投げつけてくる奴は、少なくない。直接ぶつけてこなくても、態度には滲み出るだろう。べつに、楽などした覚えはないというのに。

「ま、気が変わったらいつでも言ってよ。耀太ならこっちは大歓迎だからさ」

下の子がまだ小さいからと起業の話を断ると、峰岸は案外あっさり引き下がった。いつでも歓迎すると言ってくれるあたり、無神経だが悪い奴ではないのだ。

「とにかく、社会復帰は早いほうがいいからな」

だが最後のひと言が余計だった。焦ったところで、子供が倍速で成長してくれるわけではない。そもそも将来を担う子供たちを育てることだって、立派な社会活動ではないのか。

峰岸の言うことも、間違っちゃいないんだけど。

家事は生活の基礎だと言ったのと同じ口で、家事育児を専らとする立場を否定してくるのが癪に障る。毎日くたくたでも休みがなくても、耀太の頑張りは誰からも評価されない種類のものだ。

共に生きているはずの、妻からすらも——。

「ねぇ、トンネル」

間近に幼い声がして、我に返った。萌香の黒目がちの瞳が、耀太を見上げている。

「トンネル、して」

あたりまえのように催促してくる。世界の中心は自分だと、信じて疑わぬ目だ。その中に我の強さが見え隠れするのは、麻衣子譲りだろうか。

「はいはい」と応じ、耀太は砂山を挟んで萌香と向かい合う。両側からトンネルを掘り合って、中で手が触れるのを萌香は喜ぶ。手を繋いでやると、キャッキャッと甲高い声を上げて笑った。

娘のくしゃくしゃな笑顔を見ていると、胸の中がぼんやりと温かくなってくる。育児は大変だがもちろんそればかりではなく、こんな宝物のような瞬間が日々訪れる。

人から評価されないからって、腐ってどうする。陸人と萌香の成長こそが、俺の成果じゃないか。

それ以上の生き甲斐が、どこにあるというのだろう。生まれたときには三千グラムに満たなかった赤ん坊が、一人で歩き、言葉を覚え、歌を歌う。子供は勝手に育つなんて大嘘だ。餓えさせぬよう、凍えさせぬよう、事故に遭わぬよう、細心の注意を払ってきたからこそ、やっとここまで大きくなったのだ。

そうだ、この笑顔こそが、日々の頑張りのご褒美だ。

手についた砂を払い、萌香の頭を撫でてやる。くすぐったそうな顔をしているのが可愛くて、ぱつんと張ったお腹もコショコショしてやった。「やーめーてー！」と叫びながら、萌香がキャーッと笑っている。

くすぐるのをやめてやると、急に真顔になって尋ねてきた。

「ねぇパパ、バケツは？」

砂遊び用の、バケツセットのことである。耀太は「ないよ」と首を振った。

もうすぐ幼稚園のお迎えに行かねばならない。いったん家に帰ってしまうと萌香がまた出かけるのを渋るかもしれず、公園で時間を潰していた。幼稚園のママ友がいなそうな、託児所近くの公園である。

「やだ、バケツちょうだい！」

ああ、萌香がイヤイヤモードに入ってしまった。これが始まると、せっかくの幸福感も吹き飛んでしまう。

「おうちにあるから無理だよ」

「取ってきて！」

「駄目だよ。お兄ちゃんのお迎えに遅れちゃうからね」

「イヤー！　おうち、おうち帰るのー！」

いつの間にか、要求がすり替わっている。耀太は泣き叫ぶ萌香の唇に、「シッ！」と人差し指を押し当てた。

　幼稚園も小学校もまだ終わっていないこの時間、公園にいる子供は萌香だけだ。他にはベンチに座ってスマホをいじっているサラリーマン風の男と、近所に住んでいるらしいおばさんの三人組。子供の泣き声はよく響き、おばさんたちが眉をひそめてこちらを見た。

「やだー！　帰るぅ。バケツぅ」

　やっぱり駄目か。でもこっちだって、家に帰っていては二度手間だ。おいそれと言いなりになるわけにいかない。

「分かったそれじゃあ、ジュース飲みに行こう」

　商店街に、テイクアウトのバナナジュースを出している店がある。好物で釣ろうと、萌香の手を取った。

「イヤイヤ、イヤー！」

　まだ駄目か。萌香は重心を後ろに落とし、連れて行かれまいと抵抗する。あんまり引っ張ると腕が抜けそうで恐ろしい。

　しょうがない、奥の手だ。耀太は萌香の脇の下を支え、持ち上げる。ばたばたと跳ね回る足をどうにか片腕で押さえ、肩に掴まらせるようにして縦抱きにした。

「いたたた。やめて、萌香。髪引っ張らないで」

　しまった、この体勢は失敗だ。大事な頭髪の危機である。萌香が耳元で超音波を発するので、鼓膜にも負担がかかる。

だがひとまずこのまま、砂場から退散しよう。公園を離れたら、バケツセットのことを忘れてくれるかもしれない。

騒音発生器と化した萌香を揺すり上げ、一歩踏み出そうとしたそのとき。いつからいたのか、二人組の制服警官がこちらに向かって歩いてきた。

なにごとだろうと周りを見回すも、彼らの進行方向には耀太と萌香以外にいない。まだ若い、男女のペアだ。ある程度距離を詰めると、男のほうが「こんにちは」とにこやかに声をかけてきた。

萌香は「おまわりさん」の登場に驚いて、泣き止んでいる。後ろ暗いことはなにもしていないのに、なぜこんなにも心臓がばくばくするのだろう。

女性警官のほうは表情が硬い。同じくらい硬い声で尋ねてくる。

「失礼ですが、あなたのお子さんですか?」

なぜそんな、けだものを見るような目を向けられなきゃいけない。

一拍遅れて、気がついた。耀太は疑われているのだ。いたずらや、誘拐目的で幼女に近づく不審者として。

つまり俺は、そんなふうに見えるのか?

ばらばらになりそうな自我をどうにかこうにか繋ぎ止め、耀太は辛うじて「はい」と頷いた。

五

子供たちを寝かしつけてから、リビングのソファに座り込む。

両膝に肘をつき、頭を抱えると、自分でも驚くほど長いため息が洩れた。

いつも寝かしつけは睡魔との戦いだが、今日ばかりはまったく眠くならなかった。昼間のショックで血圧が上がっているのだろう。さっきから目の前がチカチカしている。

公園で声をかけてきた制服警官たちは、近隣住民の通報により駆けつけたと言っていた。いつの間にかベンチでおしゃべりをしていたおばさん三人組の姿が消えており、直感的にあいつらだと耀太は思った。

萌香との親子関係を証明するのは、さほど難しいことではなかった。いつなにがあってもいいように子供たちの保険証は持ち歩いているし、スマホには誕生直後からの写真がたんまりと入っている。

両方を見せると警官はあっさり引き下がってくれたものの、不審者扱いに対する謝罪は特になかった。けだものを見るような目を向けてきた女性警官も、しれっとした顔をして去って行った。

大事には至らなかったわけだが、釈然としないものが胸の内にくすぶっている。

頭では、分かっているのだ。実際に幼い子供を狙った犯罪は多いのだろうし、通報したおばさんたちも万が一を考えてのこと。制服警官に至っては、職務を遂行しただけにすぎない。それによって痛ましい事件が未然に防げるかもしれないのだから、彼らの行いは正しいはずだ。けれども通報された当事者としては、遣りきれない。あのおばさんたちだって子供にイヤイヤ期があることくらい分かっているだろうに、なぜもう少し慎重に見極めようとしてくれなかったのか。自分はそんなに怪しいなりをしているのか。そもそも普段利用しない公園に行ったのが悪いのか。

思考が堂々巡りをして、出口が見えない。

母親なら、こんな思いをすることはあるまいに。

「世間の価値観がまだそうじゃん」と言った、峰岸の顔が頭に浮かぶ。

そのとおりだ。まずもって平日の昼間にスーツを着るでもなく、フラフラしている男は世間的に不審者なのだ。働きかたが多様化しているはずの都会でも、偏見は根強くある。そんな男が嫌がる幼女を連れていれば、あとは推して知るべしである。

腹が立つというよりも、ただただ虚しい。耀太の頑張りは評価されないばかりでなく、異端とみなされるものなのか。育児に積極的な男性が増えたといっても、世の中はまだこのレベルだ。

胸の中のモヤモヤを、誰かに向かって洗いざらい吐き出したい。この感情を共有できるのは、家庭の共同経営者たる妻だけだ。

ただ今、午後九時四十分。今夜も麻衣子は帰ってこない。


枕元に置かれたデジタル時計が、音もなく時を刻んでゆく。

午前三時二十三分。前に時間を確認してから、まだ十分も経っていなかった。

気が高ぶっているせいか、いくら待っても眠りは訪れそうにない。まんじりともせず暗い天井を睨んでいるのにも、さすがに厭きた。ダブルベッドの左側からは、微かな鼾が聞こえてくる。


麻衣子が帰宅したのは、やはり日付が変わってからだった。それまでに耀太は、冷蔵庫にあったクラフトビールを二本空けていた。子供たちの急病にもすぐ対応して夜間救急病院に運べるよう、ずっとアルコールを控えていたのに、麻衣子は「珍しいね」としか言わなかった。

「ちょっと気分転換に」と応じた耀太に、なぜそれが必要だったか考えもしない。なにがあったのかとは問わず、麻衣子は「たまには大事よね」と笑った。

ディオールの口紅は、塗り直されることもなくすっかり剝げていた。少なくとも、耀太に見せるためのものではないのだろう。色味の悪い唇を見たとたん、耀太は昼間の出来事を話すのを諦めた。

話せばきっと、麻衣子は「ひどいね」と憤ってくれるだろう。でも自分たちの問題として、共に傷ついてはくれない。こっちは仕事で疲れているんだから、そっちもうまく立ち回ってちょうだいよという本音が、透けて見えてしまいそうだった。

麻衣子はもう、耀太本人に興味がないのだ。子供の父親としての役割さえまっとうしていればそれでよくて、耀太がなにに喜び、傷つき、憤るのか、そんなことはまったく問題にしていなかった。

ならば高価な口紅は、誰のために塗っているのか。

もはや眠ることは諦めた。耀太はスプリングがきしまないよう気をつけて、ベッドから抜け出した。寝室を出て、キッチンで水を一杯飲む。麻衣子が買っている高い水ではなく、水道水だ。ぬるい水は、微かに泥臭い味がした。

麻衣子も子供たちも、まだ当分は起きてこない。この機会に、一度あれを回収しておこう。

耀太はソーイングセットを手に、足音を忍ばせて麻衣子の仕事部屋に入った。麻衣子の仕事用バッグは、パソコンデスクの横に立てかけてある。持ち手のつけ根には、ペンギンのぬいぐるみがぶら下がっている。

耀太はぬいぐるみを手に取ってひっくり返した。尻の縫い目を、糸切りバサミで慎重に切ってゆく。ある程度口が開いたら中綿に指を突っ込み、ごくごく小さな電子機器を取り出した。

己の身の上の不安定さなど、峰岸に指摘されるまでもない。麻衣子に捨てられたらおしまいだということは、前々から分かっていた。

それでも専業主夫を続けてこられたのは、麻衣子を信用していたからだ。彼女のために家庭に入った献身的な夫を、裏切るような薄情者ではあるまいと。

ところが近ごろの浮かれっぷりは、いったいどうしたことだろう。ディオールの口紅の日は、誰と会う予定があるのかと気になった。

不安の芽は、早いうちに摘(つ)んでおかなければ。

ぬいぐるみから取り出した電子機器を、パソコンに繋げる。小指ほどのサイズでなんと五百時間もの連続録音ができるという、ＩＣレコーダーである。

鉄道博物館のお土産をぬいぐるみのキーホルダーにしたのは、これを仕込んでおくためだ。陸人お勧めの新幹線はやぶさはプラスチックで模(かたど)られており、見つけられたくないものを隠すには不向きだった。

レコーダーの中のデータを、パソコンに移す。これをぬいぐるみに仕込んでから、四日が経った。データの分量を見るかぎり、なにかしらは録(と)れているようだ。

耀太専用のパソコンではないから、データはクラウドに上げて念のため二要素認証をかけておいた。こうしておけば家事の合間に、自分のスマホから音声データをチェックできる。

あとはＩＣレコーダーを充電し、ぬいぐるみの中に戻しておかねば。尻側ならそうまじまじと見ないから、縫い目が多少いびつでもバレやしない。問題は音声がどの程度鮮明に録れているかだった。

ためしにイヤホンを耳に突っ込んで、スマホを起動する。レコーダーには周囲の音声が途切れると自動で録音を停止する機能が搭載されており、無音の時間がないのはありがたい。

この四日間のうち、ディオールの日は今日だけだった。ならば本日のデータからチェックするのが手っ取り早い。

『耀ちゃん、耀ちゃん。萌香が牛乳こぼしてる!』

イヤホンから、麻衣子の声が聞こえてきた。ぬいぐるみ越しのため、若干くぐもってはいるが、期待以上に鮮明だった。

今朝のやり取りが、記憶どおりに流れてゆく。この音質ならば、大成功だ。

両耳がイヤホンで塞(ふさ)がっているのは危険と気づき、片方を外して様子を窺(うかが)う。他の部屋からはコトリとも物音がせず、皆よく眠っているようだ。

耀太はそのまま、怪しい音声が入っていないかを確認してゆくことにした。

麻衣子が事務所に出勤してからは、若い女性との会話が録れているだけだった。使えないと嘆いている、新しいパートだろうか。落ち着きのない喋りかたをする女だと感じた。

麻衣子のお洒落は、この若い娘に対抗するためのものではないはずだ。会話の内容は時間があるときに精査するとして、どんどん早送りをしてゆく。

しばらくすると、駅のアナウンスが流れてきた。事務所を出て、どこかに移動するようだ。さて、誰に会うのやら。

もう少し早送りをしてから止めてみると、聞こえてきたのは男の声だ。

『袴田(はかまだ)さんは、その後も相変わらずで。業務態度が改善される様子がないんです——』

弱りきった口調だった。顧問先からの、労務相談なのだろう。それに対して麻衣子は、時短勤務に関するアドバイスをしはじめる。その対応は業務的で、仕事上の関係から逸脱したものは感じ取れない。

またもや早送り。そして電車移動。次のお相手は誰だろう。

後ろ暗いことをしているはずなのに、耀太は奇妙な興奮を覚えていた。これは他者の隠された秘密を知りたい、暴きたいという、人間に備わった探究心なのだろうか。頭がキンと冴え渡り、不毛な作業に没入してゆく。

『ここのサンドイッチ、本当に美味しいですよねぇ』

タイミングを見計らって早送りをやめ、再生ボタンを押すと、麻衣子の声が耳に届いた。背後に流れている音楽はジャズだろうか。これはどこだ、喫茶店？

『な、三食これでも平気なくらいだろ』

深みのある男の声にどきりとした。いい声だった。いわゆるイケボというやつだ。

『やだぁ、さすがにそれは栄養が偏りますよぉ』

麻衣子はまるで、女学生のようにはしゃいでいる。こんなにも媚びを含んだ声は、恋人時代まで遡っても聞いた覚えがない。

『それよりもイッポ先輩、仕事のお話。定年を六十歳と定めた場合でも、希望があれば六十五歳まで雇用を継続することが義務づけられているんですよ。だから就業規則にも、その項目を入れておかないと』

『ええっ。うちの業務内容的に、そんな爺さんいらないんだけど』

『そうは言ってもですね、六十五歳までの継続雇用は義務、七十歳までは努力義務と、法で定められていますので。イッポ先輩も私もいずれ歳を取るんですから、そのへんちゃんとしときましょ。ねっ！』

これもどうやら、仕事の打ち合わせだ。けれどもビジネスライクだったさきほどの労務相談とは違い、明らかに麻衣子のテンションは高まっている。

そもそもイッポ先輩という、軽薄極まりない呼び名はなんだ。そういえば異業種交流会で、大学時代の先輩と再会したと言っていたっけ。就業規則の作成を頼まれたと聞いた覚えがあるから、おそらくそれだ。

耀太は一言一句を聞き漏らさないよう、麻衣子と「イッポ先輩」の会話に集中する。期待したような妖しい雰囲気にはならず、仕事関連の話が続いた。たまに脱線して、学生時代の思い出話が差し挟まれる。二人が男女の関係にないことは、なんとなく伝わってきた。

けれども麻衣子の「イッポ先輩」と呼ぶ声の、甘い響き。少し間延びしたような喋りかた。いつもより、一オクターブほど高い笑い声。

ああ、間違いない。この男が麻衣子の、「ディオールの君」だ。

確信を持って、耀太はレコーダーをぬいぐるみに埋め戻した。

第三章

一

にんまりという擬態語がぴったりなくらい、うっかりすると口角が上がってしまう。人から変に思われないよう電車のドアの前に立ち、外を向いているけれど、窓ガラスにうっすらと映る笑顔に気づいて慌てて頰を引き締めた。

さっきまでいた喫茶店の、コーヒーの香りが鼻先によみがえる。真向かいに座るのは、イッポ先輩。細長い指でスプーンを摘まみ、カップの中身をかき混ぜながら、こちらを上目遣いに見てこう言った。

「じゃあ、マイマイに顧問お願いしちゃおうかな」

イッポ先輩は頼みごとがあるとき、麻衣子を「マイマイ」と呼んでくる。そうすると一気に距離が縮まった気がして、なんでも言うことを聞いてあげたくなったものだ。

甘え上手な人である。二十年越しの「マイマイ」は、麻衣子を舞い上がらせるには充分だった。

しかも念願の、顧問契約だ。就業規則を作って「はい、終わり」じゃなく、今後もつき合いが続くのだ。

「人手もかぎられてるからさ、保険だのなんだの面倒な手続きはアウトソーシングできたらいいなと思っちゃいたのよ。就業規則を作ってみて分かった。やっぱり専門家がいると違うわ」

そんなふうに、麻衣子の能力を認めてくれたのも嬉しい。寝不足の疲れきった体に、じんわりと栄養が巡ってゆくような気がした。

「よろしく」と右の拳を突き出してきたイッポ先輩に、同じようにして拳を合わせた。その感触を思い出しながら手の甲を撫で、やはりにんまりと笑ってしまう。

いいよね、このくらいは。べつに浮気をしているわけじゃないんだし。

イッポ先輩に対する気持ちは、ただの憧れ。麻衣子だって家庭が大事だ。日常の幸せを犠牲にしてまで、この先に進むつもりはない。

でもいくつになったって、ときめきは大事なんだから。

外を眺めるふりをして、窓に映る自分に目を遣る。疲れているわりに目元がもったりしていないのは、高価なクリームのお陰だろうか。忙しい中でも己のケアを怠らずにいると、心に少しばかりの余裕が生まれてくるから不思議だった。

繁忙期も、あと少しで乗り切れそう。ひと段落ついたらまず、エステに駆け込んでやろうかしら。頑張った自分を、目一杯ねぎらってやりたかった。

車内アナウンスが、池袋駅到着を知らせている。いけない、次の目的地へはここで乗り換えだ。

麻衣子は慌てて振り返り、電車を下りる人の流れに身を委ねた。


「お忙しいのに、本当にすみません」

久し振りに会う丸岡千里は、少しばかり頬がふっくらしていた。

帰り支度を済ませ、あらためて頭を下げてくる。松葉杖をつく姿は痛々しく、入院生活で増えた荷物など一人ではとても持ち運べそうになかった。

「いいのよ。車椅子だと思ってたけど、松葉杖で歩けるようになったのね。やっぱり若いんだわ」

千里の怪我は、大腿骨頸部骨折と聞いている。高齢者ならば、そのまま寝たきりになってもおかしくない。麻衣子は素直に彼女の回復の早さを喜んだ。

六月の最終日になって、千里はようやく退院の運びとなった。一人暮らしで実家が遠く、付き添いがいないというので麻衣子が同行することにした。松葉杖では両手が塞がってしまうから、やっぱり来て正解だった。

「この服、おいくらでしたか。後で払います」

千里が着ているのは、脱ぎ着がしやすいストンとしたワンピースだ。外に着て出られる服がないのではと、麻衣子が量販店で買ってきた。

しょせんは三千円のお値打ち価格である。その程度の金額を請求するつもりはない。

「いいのよ。そんなご大層な服じゃないんだから」

「でも――」

「サトちゃんが復帰してくれたら、このくらいすぐにペイできるわ。気にしないで」

退院祝いだと言いかけて、それにしては三千円のワンピースは安すぎると思い直す。「ねっ」と笑いかけてやると、千里はもう一度すまなそうに頭を下げた。

カラーリングができなかったせいで、頭頂部の髪は黒々としている。化粧をしていないのもあって、三十二歳という実年齢よりは老けて見えた。

退院手続きを済ませ、病院の正面玄関からタクシーに乗る。千里の部屋の最寄り駅は、東武東上線の上板橋だ。江古田駅に近いこの病院からは、電車だとかえって遠回りになる。そもそも松葉杖では危なっかしくて、電車になど乗せられない。

「途中でスーパーにでも寄ろうか?」

二ヶ月以上も部屋を空けていたのだ。帰ったところでろくに食べるものもないだろう。

気を利かせて聞いてみたが、千里は「いいえ、大丈夫です」と遠慮して首を振る。

繁忙期に仕事に穴を空け、今もこうして麻衣子の時間を奪っていることに恐縮しきっている。いかにも責任感の強い千里らしかった。

「まぁ今は、ネットスーパーもあるしね」

「ああ、そうですね。活用します」

無理をして転倒でもしたら、またもや入院になりかねない。外注できるものは、できるかぎり利用したほうがいい。

はじめて訪れた千里の部屋は、三階建て低層マンションの二階だった。タクシー代は払うと主張する千里を「経費で落とすから」と説き伏せて、部屋へと向かう。エレベーター付きの物件なのは、怪我人には救いだった。

「うっ！」

千里から受け取った鍵でドアを開け、たまらずに息を詰める。この梅雨時にずっと締めきられていた部屋である。生ゴミが腐ったのか、耐えがたいにおいが充満していた。

玄関でこれだ。磨りガラスのドアを挟んだ向こう側は、どれほどの異臭がすることか。

「すみません」と、千里が泣きだしそうな顔をする。

彼女は機敏に動けないのだからしょうがない。麻衣子は肩にかけていた荷物をいったん上がり口に置き、覚悟を決めてガラスドアを開けた。

「きゃあ！」

大きなハエが鼻先をかすめ、若い娘のような悲鳴が洩れた。四畳ほどのダイニングキッチンは、涙が溢れるほどの悪臭に満ちている。においの元は流しの脇のゴミ箱だ。蓋(ふた)がついておらずその周りでは、おびただしい数のハエが乱舞していた。

「殺虫剤どこ！」

麻衣子は息を止めたまま、血相を変えて玄関に立ちつくす千里を振り返った。

部屋にあったゴキブリ用の殺虫剤を噴霧しまくり、ハエはどうにか退治した。ゴミは袋を三重にしてしっかり口を縛り、ベランダに出してある。換気のために窓を開け、消臭スプレーを振りまけば、においがマシになったのか鼻が馬鹿(ばか)になったのか、どうにか正気を保てるレベルになった。

「本当にもう、申し訳なさすぎて」

なんの役にも立てなかった千里が、しくしくと泣いている。松葉杖の先をウエットティッシュで拭いてやり、ひとまずダイニングの椅子に座らせる。「情けないです」とすまながるので、麻衣子は「いいのよ」と首を振った。

こぢんまりとした、一DKの部屋だった。洗い物をすれば水が飛び散りそうな小さなシンクが、なんだか懐かしい。麻衣子も若いころは、こういう部屋に住んでいた。

引き戸を開けた向こう側が、寝室兼リビングである。そちらのローテーブルは、千里の脚では辛かろう。床に直接座れるほども、彼女は回復していない。

大きな音を立てて洟をかみ、千里が落ち着いたのを見て、麻衣子はダイニングテーブルに手をついた。

「仕事はここでするの？」

尋ねると、千里は「はい」と頷く。

二人掛けの小さなテーブルと椅子のセット。木の椅子はお洒落だがクッション性がなく、長時間の作業には向かないようだ。

「なるべく脚に負担をかけないよう、工夫します。これ以上休んでいられませんし」

千里にそう言わせてしまうのは責任感だけでなく、金銭的問題ゆえである。麻衣子はいたわるようにその肩に手をかけた。

「ごめんね、労災下ろせなくて」

「いいえ、私が悪いんです」

通勤途中の事故ならば、労災保険が下りるはずだった。だが間の悪いことに千里はその前日友人の家に泊まり、そこから出勤しようとしていたのだ。住居と就業の場所との往復以外は通勤災害とみなされないため、この場合は認定を受けることができない。

それゆえ各種補償は事故相手の任意保険でまかなうことになったのだが、こちらの休業給付には過失相殺がある。千里は黄色から赤に変わりかけている横断歩道で事故に遭ったそうで、過失割合は四対六。つまり過失がなければ百パーセント受け取れた休業損害のお金が、六十パーセントしか補償されないことになる。

労災保険ならば事故の状況がどうであれ、休業補償は特別支給金と合わせると平均給与の八十パーセント。それでも生活は苦しくなるが、四割減よりはマシだった。

「あんまり無理はしないでね」

気休めにすぎないことを言って、麻衣子は玄関に引き返す。上がり口に置きっぱなしのバッグを開けると、まずぬいぐるみの頭が見えた。

鉄道博物館のお土産だという、キーホルダーである。もらった手前バッグのストラップにつけてはいるが、子供っぽいので仕事の際は内側に回して仕舞っていた。

ぬいぐるみを手でよけて、内ポケットからＵＳＢキーを取り出す。激務の中時間を割いて、千里を迎えに行った理由がこれだった。

満員電車での通勤が難しい千里には、しばらく在宅で仕事をしてもらうことになる。となればつきまとうのが、情報漏洩の心配だ。元ＳＥの耀太にも相談して、初期費用の安いリモートデスクトップ方式を採用することにした。

上がり口にバッグを置きっぱなしにして、千里の寝室にお邪魔する。

「これがサトちゃんのパソコンね？」

ローテーブルの上にあったノートパソコンを、千里の前に移動させた。ＵＳＢの認証キーを使って、この端末から事務所のパソコンを遠隔操作するのだ。しかも作業後のファイルは事務所の端末にしか保存されないので、情報漏洩が起こりづらい。

　パソコンを起動させて使用方法を説明すると、千里は難なく手順を飲み込んだ。退院後すぐにでも仕事を再開しなければならないのは千里の事情だが、麻衣子もその労働力を当て込んでいた。十日後に控えた各種届け出の締め切りに向けて、まさにラストスパートの時期である。

　パートの小河穂乃実（おがわほのみ）はほとんど戦力にならなくて、千里が巻き返してくれることを期待していた。そのためなら悪臭やハエと戦うことくらいはお安い御用である。

　あの子がもう少し使えれば、サトちゃんに無理をさせることもなかったのに。

　そんな麻衣子の思考を読んだかのように、千里がおずおずと切りだしてきた。

「あの。小河さん最近、どうしてますか？」

「どうって――」

　なんと答えたものだろう。千里は自分のせいで負担が増えてしまった同僚を、気遣っているのだろうか。

　穂乃実は先日受けた模試の自己採点が悪かったらしく、ここ数日は以前にも増して注意力が散漫だ。やんわりと窘めてはいるのだが、いっこうに態度が改まらない。もっと勉強をしなきゃいけないからと、残業も断り続けていた。

　麻衣子が言い淀（よど）んでいると、千里が顔を寄せてくる。それから周りを憚（はばか）るように声を潜（ひそ）めて、こう言った。

「これって電話やメールでする話じゃないので、今まで黙っていたんですけれど――」

二

遅めのランチ代わりにサンドイッチとコーヒーを買って、事務所に戻る。

午後二時過ぎ。ドアを開けると、定時でもないのに事務所の中は空っぽだった。

「嘘でしょ」と、麻衣子は自分のデスクまで行って額を押さえる。コントロールできていたはずの疲労が、一気に肩にのしかかってきた。

スマホを取り出し、メッセージを送る。怒りのあまり指が震えている。

どくどくと脈打つ胸元に手を当てて、「落ち着け」と唱えながら呼吸を整えた。

メッセージはすぐ既読になったが、返事がない。しばらく待っているとドアの向こうから、騒々しい足音が近づいてきた。

「所長、早かったんですね」

いったいどういうつもりだろう。戻ってきた小河穂乃実は息を切らしながらも、平然と笑っている。

「どこにいたの？」

「コンビニです。シャーペンの芯が切れてしまって」

「鍵を開けたまま？」

「ほんの少しなので、いいかと思って」

メッセージでは、『今どこ？』と聞いただけ。だから穂乃実は、これでごまかせると思っている。見え透いた嘘だった。

麻衣子は深く息をつき、溜まっていた怒りを逃がす。顔を上げると穂乃実を手招きして、自分のスマホの画面を突きつけた。

穂乃実の顔色がサッと変わる。画面に表示されているのは、彼女のＳＮＳのアカウントだった。

最新の投稿は、三十分前になっている。テーブルの上に、社労士試験のテキストとノートを広げた写真だ。一緒に映り込んでいるコーヒーのカップには、チェーン系カフェのロゴが入っている。

「『さぁ、今日も頑張るぞ』じゃないのよ」

麻衣子は冷え冷えとした声で、写真に添えられていた文章を読み上げた。

このアカウントの存在は、先ほど丸岡千里から教わったばかり。なんでも穂乃実が入所したその日に、ＳＮＳ上で友達になりませんかと持ちかけられたそうだ。その性急な距離の詰めかたに危うさを感じ、千里はとっさに「やってない」と答えたという。

「だから一方的に、彼女のアカウントだけは知っていたんです。入院中はやることもなくて暇なのでつい、どうしてるかと思って覗いてしまったんですけども――」

こっそり見てみると、穂乃実は勤務時間内にもかかわらず、カフェで勉強する様子を写真に撮って上げていた。アカウント名は『ほのりん@社労士の卵』で、社労士試験に向けて努力する日々の出来事が綴られているようだった。

非公開でもないのに、フォロワーは三人。一人はうっかりアカウントを教えてしまった専門学校の生徒らしく、あとの二人はアダルト系のアカウントだった。

はじめのうちは千里も、昼休みを遅めに取って勉強時間に当てているのだと思っていた。だがよくよく見てみると、長い日はカフェに三時間ほど居座っていると分かった。

穂乃実のこの様子だと、その間事務所の鍵は開けっぱなしになっていたのだろう。麻衣子が顧問先を回っている隙に、任された仕事を放置して出かけていたのだ。データ入力がろくに進まないはずである。

千里の部屋を出る前に、麻衣子は穂乃実に向けて『戻りは十六時ごろになりそうだ』とメッセージを送っていた。それで穂乃実はまだ余裕があると安心して、事務所を空けたに違いなかった。

「申し訳ないけど、あなたには辞めてもらいます」

感情を交えずに、麻衣子は淡々とした口調でそう告げた。

相手がパートとはいえ、正当な理由もなく解雇はできない。理由があったとしても三十日以上前からの解雇予告が必要で、そうしない場合は三十日分の解雇予告手当を支払うことになっている。

本音を言えばここまで虚仮にされたのに、なぜこっちがお金を払わなきゃいけないんだという思いはある。だが法律でそう決められているのだからしょうがない。損をしてでも穂乃実には、今日をかぎりで辞めてもらいたかった。

「そんな、ひどい」

自分のしたことを棚に上げて、穂乃実は涙ぐんでいる。

ひどいのはどっちだと言ってやりたくなったが、麻衣子はぐっと言葉を飲み込んだ。

「ちょっと外に出ていただけじゃないですか。前から言っているでしょう。試験が近いから、勉強をしなきゃいけないんです」

「そうね。だから残業も断り続けているものね」

「はい。私が社労士になれたら、事務所にとってもメリットしかないと思います」

この自信はどこから湧いてくるのだろう。穂乃実は瞳に涙を溜めつつも、眼差しを強くして麻衣子を正面から見つめてくる。

穂乃実のことはデータ入力専門のパートとしてすら持て余しているのに、社労士として雇うなんて冗談じゃない。常識の怪しいこんな子を、怖くて顧問先に向かわせられない。

「メリット云々は、あなたが決めることじゃないわ」

きっぱりとそう告げてやると、穂乃実はこれでもかというくらい目を見開いた。その拍子に涙が頬を伝い落ちてゆく。

「そんな。まさか私を最初から、パートとして使い潰すつもりだったんですか」

そのパートの仕事すら満足にできていないから解雇を言い渡されているのに、話が通じないったらない。これ以上は口を開くと罵詈雑言が飛び出しそうで、麻衣子は下唇を軽く嚙みながらスマホの画面をスクロールする。

目当ての投稿を見つけると、無言のまま穂乃実に突きつけてやった。

『ババア所長ウザすぎてしんどい。残業断ったらすごい目で見てくる。これってパワハラだよね?』

穂乃実の投稿を遡ると、他にも麻衣子に対する誹謗中傷は散見できた。「仕事が遅い」とネチネチ嫌味を言ってくるとか、「今の若い子は電話もまともに取れないの?」と若さを妬んでくるとか、事実を歪曲してさらに悪意をまぶしたようなものばかりだ。

プロフィールに『岩瀬社労士事務所でアルバイト中☆』としっかり書き込んであるから、見る人が見れば「ババア所長」が麻衣子だと分かってしまう。その上で事実と異なる書き込みをすれば、名誉毀損にあたるおそれだってある。少なくとも、就業規則には違反していた。

「ひどい、ひどいです」

もはや自分でも、なにを口走っているのか分かっていないのかもしれない。穂乃実は顔を真っ赤に染めて、ぽろぽろと涙を零している。

「どうしてそんな、人のアラを探すようなことをするんですか。こんなの不当解雇です。パワハラです！」

麻衣子自身も社労士として、顧問先のハラスメント相談を受けてきたからよく分かる。こうなってしまった相手とは、まともな対話など成立しない。なにが悪かったのか相手に理解してもらおうなどとは思わずに、不当解雇と主張されそうな芽だけを潰しておく。

「もちろん平均賃金三十日分の解雇予告手当はお支払いしますので」

「お金で解決しようっていうんですか！」

彼女も社労士の卵なら、分かりそうなものを。SNSに会社や上司の誹謗中傷を書き込んで、懲戒解雇を言い渡された例もあるのだ。フォロワーがたった三人のアカウントではそれも難しかろうと、穏便にお金で済ませようとしているのに。

「その点は、きちんと文書にしておいたほうがいいですね。ちょっとお待ちください」

麻衣子はデスクに座り、パソコンを立ち上げる。解雇事由と日付、解雇予告手当の金額を明記した、即時解雇通知書を作成しておくべきと判断したのだ。

通知書のテンプレートを表示させ、必要事項を打ち込んでゆく。

穂乃実がドンとデスクを叩き、身を乗り出して睨んできた。それを無視して、キーボードを叩き続ける。

しばらくやり過ごしていたら、穂乃実は「もういいです！」と身を翻した。

足音も荒く自分のデスクまで行き、私物を洗いざらいバッグに詰め込んでいる。どれだけ物音を立てても決してそちらを見ないようにしていたら、再び麻衣子の正面に戻ってきた。

「後悔しますからね！」

捨て台詞を吐いてから、事務所を出てゆく。必要以上にドアが強く閉められて、廊下から「ちくしょー！」と叫ぶ声が聞こえてきた。

ドンドンという鈍い音は、壁を蹴っているのだろうか。

戻ってこられると怖いので、鍵は閉めておくことにした。


「ふぅ」

あらためてデスクに座り、麻衣子は椅子の背もたれに身を投げ出した。

理屈の通じない相手との交渉は、メンタルを大幅に削られる。まさか穂乃実が、あれほどのモンスターだったとは。

顧問先でマタハラに遭ったと訴えてきた袴田（はかまだ）がそうだったように、ハラスメントに関する相談は訴えた側の勘違いや、被害者意識をこじらせた歪曲である場合も多い。

不当な主張を振りかざし、職場を混乱の渦に巻き込むモンスターの例などいくらでも見てきたのに、採用面接の時点で穂乃実の性質に気づけなかったのは大失敗だった。

解雇通知書は、郵送すればいいか。

穂乃実にはこの先少しばかりごねられるかもしれないが、こちらに落ち度はないはずだ。大人しくお金だけ受け取って、一ヶ月間みっちりと勉強に励んでもらいたいものである。

まぁ、社労士は無理だろうけども。

試験に合格したとしても、あの性格だ。どこの事務所も続かないだろうし、独立するにしてもクライアントがついてこない。その勉強は無駄な努力だと教えてやったほうが親切なのかもしれないが、麻衣子の立場ではそれこそパワハラになってしまう。

「世の中は、ままならないものよねぇ」

誰にとっても当てはまる独り言を呟き、麻衣子は静かに目をつむる。

「ちょっと聞いてよ。こんなことがあったんだけど」と、ビールでも飲みながら愚痴(ぐち)を零せたらいいのに。聞き役になってくれそうな耀太は、このところピリピリしている。

家事も育児も手伝う余裕がなく、疲れさせているのは分かるけど、トラブル続きの麻衣子はもっと疲弊(ひへい)している。せめて繁忙期を抜けるまではこちらを労ってほしいのだが、それは無理なお願いなのだろうか。

麻衣子は身を起こし、他に誰もいない事務所を見回した。

たった一人で座っていると、この事務所を開いたばかりのころを思い出す。スタッフを雇う余裕ができてからは、この寂しくも清々しい光景を忘れていた。なにより前のめりになってキーボードを叩く穂乃実の姿を見なくて済むのは、精神衛生上いい気がした。

「さ、仕事しなきゃ」

自分を鼓舞(こぶ)するための呟きに、疲れが滲(にじ)む。

それでも手を動かさないと、いつまで経っても仕事は終わらない。ほとんど戦力になっていなかったとはいえ、穂乃実が抜けたぶんのフォローもゼロではないのだ。

デスクに放りっぱなしのサンドイッチは常温になり、袋の内側に水滴が浮いている。食欲はすっかり失せていたが、食べないと体がもたない。

麻衣子はサンドイッチを無理矢理口にねじ込みながら、怒濤(どとう)のごとき勢いでキーボードを叩きはじめた。

三

終わった。やっと、終わった。

七月十日。締め切り日の午前中に全クライアント分の、労働保険年度更新と社会保険算定基礎届の電子申請を終えてやった。

「あー、あああああー！」

最後のエンターキーを押した直後、麻衣子は大声を上げてうんと伸びをする。どうせ一人だ。奇声を上げたところで、変に思う人は誰もいない。

体も頭も疲れきっているというのに、妙な高揚感に支配されている。若ければこのまま踊りに行ってしまいそうな、羽目を外したい気持ちである。

もうそこまでの体力はないって分かってるから、やらないけどね。

首を左右に曲げてみると、ゴリゴリと嫌な音がした。長時間の座り仕事が続いたせいで、腰もお尻も限界だ。一時的な高揚感に騙されて行動すれば、寝込む結果になりかねない。

椅子の背にだらりともたれかかり、天井を見上げる。外は雨。天気が悪くてよかった。降り続く雨音が、昂ぶった神経を落ち着かせてくれる。

この先しばらくは、社労士にとって時間に余裕のある時期だ。後回しにしてきた物事に、手をつけていかなければ。締め切りを延ばしてもらった本の執筆に、セミナーや講演会。異業種交流会にもまた顔を出したい。

プライベートでは家族サービスと、母親のフォローか。前者はともかく、後者は本当に気が進まない。麻衣子がぐずぐずしているうちに、母親はアパートを借りて家を出ていってしまったそうだ。

「ほら。お前がなんもせぇへんから、おかんがやらかしてしもたやん」と兄から責められたが、それって麻衣子ばかりが悪いのか。手をこまねいていたのは兄も同じだ。

「べつに、離婚するわけやあらへん」

電話で意向を確認してみると、母はきっぱりそう告げた。ならば安心。とは、さすがにならない。一人残された父は家事などろくすっぽできないのだ。

「かまへん。気ぃ済んだら戻ってくるやろ」

だが父は少しばかりのやせ我慢を声に滲ませて、そう言ったものである。

兄ばかりを溺愛していた母よりは、まだ父のほうが話しやすい。麻衣子は電話越しに重ねて問うてみた。

「お母さんがそう言ってたん？」

「違うけど。この歳になって、今さら一人で生きていけるわけあらへん」

父が七十。母はその三つ下だから六十七。一人で生きていけないのは、いったいどっちなのだろう。

気は進まなくとも、一度実家に戻ってみなければ。このところじいじとばあばに会わせていないから、子供たちを連れていってもいい。そうすれば母も家族の温もりを思い出し、一人を寂しく感じるようになるかもしれない。

こんなふうに親の介護も、私ばかりが任されるようになるんだろうな。

両親の年齢を考えると、それほど先のことでもない。あの兄は、どうせ動かないに決まっている。

仕事がどんなに忙しくても、親の介護までは耀太に頼れない。そう考えると、あたりまえのように妻に丸投げしていた昔の男はどういう神経をしていたのだろうと不思議に思えた。これは女の仕事だからと思考停止して、自分の親の下の世話までさせていたのか。

いざとなれば、施設に入れるつもりではいるけれど。

体の自由が利くうちは、父母には互いに助け合って生きてほしかった。

もうやめよう。と、麻衣子は静かに首を振る。まだ起こってもいないことを想像して落ち込むのは、効率が悪い。ひとまずは、ランチに美味しいものでも食べるとしよう。

ここ一、二ヶ月は、食事も満足に楽しめなかった。午後からはクライアント先に向かう予定だが、時間にまだ余裕がある。ちょっと奮発して、ランチコースを食べたっていい。

なにを食べようかとお気に入りの店をいくつか思い浮かべていたら、楽しい気分になってきた。食べることはやはり、生きる基本である。

でもその前に、千里に労いの言葉をかけておかなければ。最大のピンチを乗り切れたのは、彼女の働きのお陰だった。

電話越しの声だけでも、千里が満身創痍なのは伝わった。

午前中のリハビリ通院に配慮して、リモートの間は始業時間を十三時にずらしている。残業をすれば深夜に及ぶことも多く、麻衣子同様睡眠が削られていたのだろう。彼女の場合はただでさえ、体が本調子ではないのだ。

「そうですか。お疲れ様です」

申請がすべて終わったと伝えると、千里はほっと息をついた。今日はリハビリが休みで、さっきまで仮眠を取っていたという。

「サトちゃんこそ、お疲れ様。リハビリも大変なのに、本当にありがとう」

「いいえ、こちらこそ我儘（わがまま）を聞いていただいて、助かりました」

「我儘だなんてとんでもない。サトちゃんが復帰してくれなきゃ、このピンチを乗りきれなかったんだから」

勤務形態の変更くらい、そのためならいくらでも対応する。千里が恩義を感じるようなことではなかった。

あの子にも、サトちゃんの謙虚さが少しでもあればよかったのに。

そう考えたタイミングで、千里が遠慮がちに尋ねてきた。

「小河さんはその後、大丈夫ですか？」

穂乃実に関する話題は、千里にとっては憚（はば）られるものらしい。やはり声を潜めている。

「うん、平気。心配しないで」

千里の危惧を振り払うように、麻衣子はあえて明るく返事をした。

穂乃実はあれからすぐに、労働基準監督署に駆け込んだらしい。それを受けて、不当解雇やパワハラの有無に関する問い合わせがあった。だがその程度のことは、麻衣子だって想定している。

こちらも労務のプロなのだ。慌てることなく事実のみを伝えると、すぐに納得してもらえた。穂乃実の主張は支離滅裂で、はなから信用されていなかったようである。

となれば、次は弁護士を立てて争う姿勢を見せるかもしれない。そう思い身構えてはいるのだが、穂乃実の口座に振り込んだ解雇予告手当が突き返される気配はない。

解雇の無効を争うなら、手当てを受け取った事実は不利に働くこともある。弁護士がついていれば手当てを返還するようアドバイスをするのが自然だった。

おおかた穂乃実は当座の金を手に入れて、溜飲を下げることにしたのだろう。驚くべきことに彼女のＳＮＳのアカウントはまだ存在していて、しばらくは不当解雇に遭ったのパワハラを受けたのと大騒ぎをしていたが、手当てを振り込んだとたん急に静かになった。

「あの静けさが、かえって不気味なんですけど」

千里も気にして、穂乃実のＳＮＳを覗いていたようだ。今は体の自由が利かないから、逆恨みが怖いらしい。

「サトちゃん、あの子に家知られてないよね？」

「たぶん。でも最寄り駅が上板橋だってことは言ったと思います」

スマホを耳に当てたまま、麻衣子はパソコンで穂乃実のアカウントをチェックしてみる。投稿は、いつの間にか整理されていた。

「あら、私に対する誹謗中傷がすっかり消えてるわ」

「えっ、本当ですか」

千里は通話をしながらスマホを操作しているようだ。穂乃実のアカウントにたどりついたらしく、「本当だ」と放心したように呟いた。

昨日見たときはまだ麻衣子を「ババア」だの「デブス」だのと貶す投稿に溢れていたのに、それらがすっかり削除されていた。代わりに本日付の投稿では、何事もなかったかのように勉強風景の写真がアップされている。

麻衣子は写真に添えられていた文章を読み上げた。

「『いよいよラストスパート』だってさ。試験も近いことだし、頭を切り替えたんじゃない？」

「だといいんですけど」

今さら削除したところで、誹謗中傷の投稿は魚拓サイトを使ってすべてコピーを取ってある。まだ不安そうにしている千里に向かって、麻衣子は「大丈夫よ」と電話越しに頷いた。

夕飯は、耀太の作ったミートボールドリアが食べたい。

千里との電話を終え、ランチに出る前にとメッセージを送ったら、すぐさま了解と返事があった。

ミートボールドリアは麻衣子も好きだが、なにより子供たちの好物だ。久し振りに早く帰れるのだから、一家団欒を楽しみたかった。

だったらやっぱり、ランチは控えめにしておいたほうがいいかしら。

そんなことを考えながらパソコンの電源を落とし、足元に置いてあったバッグを膝に乗せる。スマホとこの後の打ち合わせに必要な書類などを仕舞ってから、ストラップにつけてあるぬいぐるみの頭を撫でた。

鉄道博物館、私だって行きたかったな。

今さらそんな思いが胸によぎる。麻衣子だって、好きで忙しくしていたわけではないのだ。休みが取れないことを責められるのは、辛かった。

でもそうだ、次の土日は子供たちを連れて滋賀に行かないかと、提案してみよう。子供たちも遠出を喜ぶし、親にも会える。一石二鳥だ。

それがいいと勢いをつけて、立ち上がる。いつもの癖でぬいぐるみをバッグの内側に仕舞おうとし、たまたま尻の底に指が触れた。その感触に、違和感を覚える。

ぬいぐるみをひっくり返してみて、分かった。尻の縫い目の一部だけが、手縫いになっているようだ。縫い目は粗く、糸も太い。ここだけ破れるかなにかして、誰かが縫い合わせたのだろうか。

でも、誰が？　唯一の可能性は耀太だが、彼からはなにも聞いていない。

縫い目を指で弄っていたら、玉止めが弱かったのかあっさりと穴が空いた。人差し指が埋もれた先に、なにか硬いものがある。指を突っ込んで引っ張り出してみると、黒い円柱状の物体が出てきた。

なんだか印鑑入れのような形状だ。しかし電源ボタンがついており、USBポートもあるから電子機器に違いない。

こんなものが、どうしてキーホルダーのぬいぐるみから出てくるのだ。

訳の分からぬままに、麻衣子は椅子に座り直した。まさか、盗聴器だろうか。そういったものが、知らないうちに仕掛けられているケースもあると聞く。

だがこのバッグは常に麻衣子の目の届く場所にある。体から離すことがあるとすれば、自宅くらいのもので——。

まさか、まさか。麻衣子はデスクの抽斗を開け、USB端子の形状が合致するケーブルを選び出す。

ウイルスが仕込まれている可能性も考慮して、自分のではなく穂乃実が使っていたパソコンに繋げてみた。画面上に、音声ファイルらしきものがずらずらと表示される。

「なによ、これ」

眉間に力が入りすぎて、眉根が痛い。麻衣子は試しに、最も新しいファイルをクリックしてみた。

くぐもった音声が、ぼそぼそと流れだす。スピーカーのボリュームを大きくしてみて、気がついた。

『サトちゃんこそ、お疲れ様。リハビリも大変なのに、本当にありがとう』

それはまぎれもなく、先ほどの電話での会話だった。

四

子供たちがアンパンマンに夢中になっている隙に、ひき肉を捏ねる。

子育てをするようになってから、やなせたかし大先生とEテレには頭が上がらない。注意力散漫な子供の集中力を、よくぞ持続させられるものである。陸人も萌香も、うっすらと口を開けてテレビ画面に見入っていた。

それでもいざというときには手が使えるよう、右手だけでひき肉を捏ねて丸めてゆく。麻衣子にリクエストされた、ミートボールドリアの下拵えである。

冷凍食品のミートボールを使ってもよかったけれど、やっぱり自分で作ったものは美味しい。クリームソースも市販のものではなく、一から作ることにした。激務続きだった妻をねぎらおうという、耀太なりの気遣いだ。

どうせ麻衣ちゃんは、気づかないんだろうけど。

麻衣子は食べるものに、さほどこだわらない。美味しいものが好きでご飯は炊きたてがいいと我儘を言うけれど、冷凍したのをチンしても、ほぐしてやれば気づかず食べる。丁寧に引いた出汁と顆粒出汁の違いも分からないし、魚は身の色だけで区別している。タイもヒラメもタラもみな等しく「白身魚」だ。

料理に手間をかけるのも、けっきょくは耀太の自己満足。せめて子供たちには食に興味を持ってもらいたいが、彼らはまだ親が丹精込めて作った料理よりマクドナルドのハッピーセットを喜ぶ歳だ。好きな食べ物を聞いたら元気いっぱいに「ナゲット！」と返ってくるから、力が抜ける。

料理に込めた真心が、必ずしも届くとはかぎらない。だけど陸人や萌香が大人になったとき、パパは頑張ってくれたんだなと気づくかもしれないから、不確定なその日に向けて肉を捏ねる。

ふいにアンパンマンのエンディングテーマが流れだした。これはまずい。萌香がさっそく立ち上がり、曲に合わせてその場でぴょんぴょん飛び跳ねる。

「萌ちゃん、ちょっとそれやめて」

子供の足音がうるさいと下の階から苦情がきたこともあるから、神経質になっている。踵で思いっきり床を踏みしめる子供の歩きかた、飛び跳ねかたは、本当によく響く。

キッチンカウンター越しに注意を促したところで、乗りに乗っている萌香の耳には届かない。生肉の脂(あぶら)でネトネトしている右手をどうしたものかと迷いながら、耀太は「コラ！」と声を張り上げた。

その怒声に呼応して、陸人が「アンパーンチ！」と叫ぶ。握(にぎ)った拳がまっすぐに、萌香のこめかみを捉(とら)えた。

「萌ちゃん！」

とっさにキッチンペーパーを右手で掴(つか)み、リビングへと飛び出した。割れ鐘のような声で泣きだした萌香の肩を抱き寄せる。幸い怪我はないようだ。

そう見て取ると、耀太は目を怒らせて息子を仰いだ。

「駄目でしょう、陸人。アンパンチは悪者をこらしめるためのものだよ」

思いのほかパンチが綺麗に入ってしまったようで、陸人自身も戸惑(とまど)っている。叱られると、泣きそうな顔で唇を尖らせた。

「だって萌が、パパの言うこと聞かないから」

「だからって殴っていいわけないよね。萌ちゃんは大事な妹だろう？」

陸人は両手をぐっと握りしめて、もはやなにも言い返さない。瞳に盛り上がってきた涙を、零すまいとこらえている。

「二人きりの兄妹なんだからさ、仲良くしようよ。今日はママも、早く帰ってこれるんだから」

耀太を味方につけて、萌香の泣き声はひときわ大きくなった。そうやって、自分は被害者だと訴えている。はじめに叱られるようなことをしておいて、そんな不都合は頭からすっかり消え去ったらしい。

陸人はといえば、まだ必死に泣くのを堪えている。こういう強情さは、麻衣子に似たのかもしれない。

「萌ちゃんに、ごめんなさいは?」

促すと、消え入りそうな声で「ごめんなさい」と呟く。そのまま身を翻し、子供部屋へと駆け込んでしまった。

萌香は耀太の腕の中で、しつこくしゃくり上げている。よく見れば、涙なんかもう出ていない。兄を責めるためだけに、泣き声のみを響かせ続ける。

右手は使わないよう気をつけていたつもりなのに、萌香の細い髪に肉の脂がこびりついていた。疲労の色濃いため息が、知らぬうちに口から洩れる。

「萌ちゃん、先にお風呂入っちゃおうか」

夕飯の下拵えは中断である。イヤイヤと新たな理由で泣きわめく萌香を脇に抱え、耀太は気合いを入れて立ち上がった。

今日も見事に疲労困憊だ。

萌香は泣きすぎて疲れ果て、陸人は臍を曲げてしまい、せっかくのミートボールドリアはあまり減らずに残ってしまった。

子供たちの寝かしつけにどうにか成功し、リビングに戻ったのが午後九時四十五分。今日こそ早く帰れると言っていた麻衣子は、まだ帰らない。

なにか突発的な仕事でも入ったのだろうか。ＬＩＮＥのメッセージを確認するも、既読にすらなっていない。

『どうしたの？　子供たち、もう寝ちゃったよ』

メッセージを追い打ちして、しばらく待ってみる。なんの反応もないのをたしかめてから、耀太はぐったりとソファに沈んだ。

ぼんやりと見回す部屋は、台風一過のように散らかっている。汚れた食器がダイニングテーブルに放置され、床は陸人が腹立ち紛れにぶちまけた玩具でいっぱいだ。風呂上がりに使ったバスタオルですら、フローリングの上で丸まっていた。

今夜は久し振りの、一家団欒のはずだったのに。

母親の早い帰宅に、子供たちは大喜び。温かい料理を取り分けて、「お疲れさま」とワインくらいは開けてもよかった。そんなささやかな幸せを、分かち合えると思っていた。

どこで、なにをしているんだろう。

とっさに思い浮かんだのは、「イッポ先輩」の低音ボイスだ。一度も会ったことがなくても、この男はモテると分かる。具体性のない発言にも、説得力を持たせられる声色だった。

　まさか、あいつと会ってるんじゃないだろうな。

　ありえないことじゃない。激務を終えた解放感にあの声がするりと滑り込んできたならば、少しくらいはと羽目を外すかもしれない。麻衣子があの男に好意を抱いていることは、もはや間違いがないのだ。

　今朝家を出るときは、ディオールの口紅を塗っていなかった。でもそんなものはポーチに忍ばせておけば、いくらでも塗り直せる。

　まぁいい。彼女の動向は、ＩＣレコーダーをチェックすれば分かることだ。

　麻衣ちゃんが寝たらまた、レコーダーを回収しないとな。

　もしも不倫の決定的な証拠が録れていたら、きっと正気ではいられない。それでも麻衣子の秘密を野放しにしておくことはできなかった。

　彼女の行動を把握できていれば、いかようにも対処できる。なにも知らないお人好しの夫として、家族に尽くし続けるなんてまっぴらだった。

　浮気が発覚しても、別れてなんかやらないけれど。その代わり相手の男から、慰謝料をたっぷり巻き上げてやろう。配偶者には、その権利があるのだから。

　いつ麻衣子が帰ってきても気づけるよう、イヤホンを片耳にだけ突っ込んでスマホを操作する。ＩＣレコーダーで録れた音声データは、不要なものを次々に消し、重要と思えるものだけを残している。そのうちの一つをタップすると、感情を抑えた麻衣子の声が流れだした。

『どこにいたの？』

『コンビニです。シャーペンの芯が切れてしまって』

『鍵を開けたまま？』

『ほんの少しなので、いいかと思って』

麻衣子の質問に応じる落ち着きのない声は、使えないというパートの女だ。名前はたしか、電話応対のときいちいち『三本川じゃないほうの小河です』と言うのがイラッとくると麻衣子が零していたから、小河さんである。

しばらく間を空けてから、麻衣子が冷たく言い放った。

「『さぁ、今日も頑張るぞ』じゃないのよ」

音声のみの情報しかなく、二人の間でどんな表情のやり取りが行われているかは分からない。辛うじて麻衣子の外出中に、小河さんが事務所を留守にしていたことを怒っているのだと読み取れる。

またしばらく間を空けて、麻衣子が無慈悲にこう告げた。

「申し訳ないけど、あなたには辞めてもらいます」

唐突な解雇宣言に、耀太ですらはじめて聞いたときには狼狽えた。当事者の小河さんは言わずもがな。「そんな、ひどい」と、声を震わせている。

コンビニにシャーペンの芯を買いに出ただけにしては、行きすぎた措置だった。きっと麻衣子は使えない小河さんを、前々から辞めさせたいと思っていたのだろう。

それにしても、急展開だった。この日の朝に事務所で交わされた二人の会話は、いつもどおりだったと思える。その後忌々しい「イッポ先輩」から顧問契約を取りつけて、交通事故で入院していたというスタッフを迎えに行った。

スタッフの名は、そうだ「サトちゃん」だ。梅雨の最中に部屋を空けていたせいで中は惨憺たる有様だったらしく、大騒ぎする二人の声が録れていた。騒動が収まってからはなにか業務上の伝達があったようだが、別の部屋にバッグを置いたのか、その内容はまったく聞き取れなかった。

おそらくは耀太がアドバイスをした、リモートデスクトップ方式の説明をしていたのだろう。「サトちゃん」は通勤に無理がなくなるまで、在宅勤務となるのである。繁忙期を無事に乗り越えられたのは、彼女の復帰によるところが大きいはずだ。

麻衣子はこう思ったのかもしれない。「サトちゃん」が戦力として戻ってきたのなら、使えない小河さんは不要ではないかと。留守番程度の役割しか果たせていない彼女に、給料を支払うのが馬鹿馬鹿しくなってしまった。

そんな気持ちで事務所に帰ってみると、当の小河さんの姿がなかったわけだ。留守番もまともにできないんじゃ意味がないと、ついに解雇を言い渡した。

耀太の推測では、そんなところだ。

伊達（だて）に社労士を目指しているわけではなく、小河さんも不当解雇だ、パワハラだと食い下がる。麻衣子はそれに、お金で解決しようと持ちかけた。

『もちろん平均賃金三十日分の解雇予告手当はお支払いしますので』

労働基準法第二十条、「使用者は、労働者を解雇しようとする場合においては、少なくとも三十日前にその予告をしなければならない。三十日前に予告をしない使用者は、三十日分以上の平均賃金を支払わなければならない」である。

スマホで簡単に調べてみただけでも、麻衣子が不当解雇の誹（そし）りを免（まぬが）れようとしたのが分かる。そうやって解雇理由の曖昧（あいまい）さを、覆（おお）い隠そうとしているのだ。

だが解雇理由には、客観的合理性と社会通念上の相当性が必要になる。仕事ができないことや、シャーペンの芯を買うために事務所を留守にしたことは、その範疇（はんちゅう）にあたらない。そんなことは、耀太でも知っている。

間違いない。これは麻衣子の主観だけによる、不当解雇だ。

そういったことのないよう企業を指導する立場の社労士が、こんな無体を働いていいものか。いや、いいはずがない。このデータをしかるべきところに持ち込めば、社労士としての麻衣子はもうお仕舞いだ。

知らず知らずのうちに、唇の端が持ち上がる。耀太は一人、暗い笑みを浮かべていた。

これは動かしようのない、麻衣子の弱みだ。いざというときにはこのデータを盾にとって、我が身を守れる。「イッポ先輩」とは切れてもらうし、稼ぎのない夫を下に見るような態度も改めさせよう。こっちだっておいそれと、捨てられてやるわけにはいかないのだ。

「ちくしょー！」という、小河さんの無念の叫びがイヤホンから流れてくる。

可哀想に。社労士試験を控えた身で、こんな理不尽な目に遭うなんて。メンタルへの影響は大丈夫なのだろうかと、心配になってしまう。

だが彼女が裁判を起こそうとしていたって、このデータは渡せない。渡してしまっては、麻衣子への脅しにならない。

ごめんね、小河さん。

哀れなパートの女に、心の中で詫びを入れる。けっきょく耀太は、彼女のことなどどうだってよかった。

浮気の可能性を疑って仕掛けたＩＣレコーダーだけど、思いがけずいいものが録れた。さて帰りが遅くなっている今日は、なにが入っていることだろう。

べつに決定的な証拠が録れていなくたっていい。耀太は妻の行動を逐一監視していることに、密かな喜びを覚えはじめていた。

麻衣ちゃんはもう、俺の手の中なんだからさ。

白い天井を見上げて、ふふっと笑う。でもそろそろ、ＩＣレコーダーの隠し場所を変えたほうがいいかもしれない。何度も出し入れしているせいで、ぬいぐるみの尻がへたってきた。裁縫が得意なわけでもないのに、いちいち縫い直すのも面倒だった。

スマホのメッセージには、相変わらず反応がない。音声データを聞きながら、耀太は執拗(しつよう)なほど追い打ちをかけていた。

『まさか事故に遭ってたりしないよね。大丈夫？』

『せめて既読だけでもつけて。心配してるよ』

『家族をあんまりないがしろにしないでくれるかな。麻衣ちゃんの帰りを待ってるんだよ』

『ねぇ、本当にどこいるの。既読もつけられないってどういう状況？』

『スマホ落とすか無くすかした？　探してるの？』

『おーい！』

一方通行のメッセージをさらに積み上げようと、スマホ画面に指を滑らせる。玄関の鍵が開く音がしたのは、そのときだった。

耀太は立ち上がりもせず、イヤホンを外してチノパンのポケットに入れる。そのまま麻衣子の足音が近づいてくるのを、じっと待った。

リビングのドアが開き、麻衣子はそこでいったん足を止めた。部屋が散らかり放題に散らかっているのに、なにもせずソファに沈み込んでいる夫に違和感を覚えたものらしい。

耀太はそちらに、顔だけを振り向けた。

「お帰り、麻衣ちゃん。遅かったね」

麻衣子の頬には、ほんのりと朱が差している。アルコールが入っているのだと、ひと目で分かった。

「なに、お酒飲んできたの？　だったら連絡くらい入れてくれなきゃ。なにかあったのかと思うじゃない」

自分の声なのに、妙に粘っこく響く。麻衣子が覚悟を決めたように、一歩二歩と近づいてくる。唇をへの字に結んでいるのはなぜだろう。なにか、後ろ暗いことでもあるのだろうか。

「スマホ、見なかった？　なんで返事くれないの？　誰と飲んでたの？」

麻衣子が押し黙っているものだから、無益な質問を重ねてしまう。なぜか耀太のほうが、追い詰められているような気分になった。

「ねぇ、なんとか言ってよ。取引先の社長さんと飲んでたの？」

床に散らばっている玩具をよけて、麻衣子がソファの傍らに立った。後ろめたさのない、堂々とした立ち姿だ。じっとしていられなくなり、耀太はソファの背から身を起こした。

「一人だったわ」

麻衣子がおもむろに口を開く。声が聞けたことで、ほっと腹の底が緩んだ。

「今日は早く帰れるって言ってたじゃない。子供たちも楽しみにしてたのに、なんで一人で飲みに行くんだよ」

「お酒の力でも借りないと、とても言い出せないからよ」

なにを？　と、耀太は目で問い返す。素面で切り出せないことなんて、耳にしたいはずがなかった。

目の前に、黒い印鑑ケースのようなものが突き出される。麻衣子のパンツのポケットから取り出されたものだ。それがなんであるのかは、耀太にはすぐに分かった。

「ねぇ、これはなんなのよ」

ああ、見つかっちゃったか。

隠し場所を変えるタイミングが、少しばかり遅かったようだ。見えない手に握られたように、心臓がぎゅっと縮む。

落ち着け、焦るなと、耀太は自分に言い聞かせる。ここで狼狽えてはいけない。録音がバレたからってなんだ。こっちはもっと大きな弱みを握っているのだ。

「なんだと思う？」

尋ね返し、耀太はわざとゆっくり脚を組む。麻衣子の頬がいっそう赤くなった。余裕な態度に苛立っているのだ。

「とぼけないで。ＩＣレコーダーでしょう。なんでこんなものを、キーホルダーに仕込んだのかって聞いてるの」

子供たちが起きてくるかもしれないのに、麻衣子は甲走った声で喚く。耀太は「しっ」と、鼻先に人差し指を立てた。

「声を落として。子供たちがびっくりしちゃう」

陸人と萌香が起きてきたら、話し合いどころじゃない。麻衣子は下唇を噛みしめて、わなわなと震えだす。かと思えば、耀太の眉間めがけてＩＣレコーダーを投げつけてきた。

「わっ！」

間一髪でよけて、耀太はソファに倒れ込む。起き上がる隙も与えずに、麻衣子が畳みかけてきた。

「いいわ、理由なんかどうだって。目的は分からないけど、こんなことをする人とはもう一緒にいられない。なにを信じていいか分からないもの」

声が高くならないよう、必死に抑えている。盛り上がった涙まで抑えようとしているところは、やっぱり陸人と同じだった。

離婚なんて、麻衣子が望んだところでできるはずもないのに。

気丈な妻が哀れになって、耀太は静かに微笑(ほほえ)んだ。相手の非を頭ごなしに責めるのは、さぞかし気持ちのいいことだろう。その矛先が、自分に向かうとも知らないで。

「いいの？　そんなことを言って。俺は麻衣子ちゃんの夫だから君に不利なことはしないけど、ただの他人になったらどうするか分からないよ」

麻衣子が顔を赤くしたまま眉を寄せる。耀太から逆に脅されるなんて、予想もしていなかったという顔だ。

「よく考えてよ。ＩＣレコーダーがあるってのはさ、麻衣ちゃんにとって不都合なことを、俺が知っちゃってるってことだよ」

「不都合なこと?」

記憶をたどるように、麻衣子の目がくるりと泳ぐ。心当たりはありませんといった顔だ。そうやって、しらばっくれて。まだごまかせると思っているのなら、正義の鉄槌を下してやる。

「ほら、自分の胸に手を当ててごらんよ。パートの女の子を、不当解雇したくせに」

アンパーンチ！　と、耀太は心の中で快活に叫んだ。

五

どうして、こうなった。

畳敷きの茶の間で、耀太はみじめに背中を丸めていた。つけっぱなしのテレビからは、日光市の紅葉情報が流れてくる。タレント一家が家族旅行と称して名所を巡り、和気藹々(わきあいあい)とグルメを楽しむ番組だ。

二人の子供はどちらも小学生だけど、お兄ちゃんと妹なので、陸人と萌香の数年後を想像させる。足元を気遣ってやったり、口元を拭いてやったりと、テレビ向けの顔なのかもしれないが、妹想いの優しいお兄ちゃんだ。今のところ萌香のことをうるさいお荷物としか思っていない陸人にも、いつかそんな真心が芽生えるのだろうか。

もっとも子供たちの成長を、間近に見守ることはもうできないのだけど。

背後から、急に両肩を摑まれた。と思えば背中に膝先を当てられて、後ろにぐいっと反らされる。「ぐえっ！」と呻き声を上げた耀太の顔に、ゆるくパーマをかけた髪が降りかかってきた。

「姿勢が悪い。しゃんとしな！」

母の恵都子だ。目尻に皺は増えたものの、歳より若く見えるのは、まだ現役で働いているからだろう。そういえば今日は水曜日。彼女が勤めるクリニックの、休診日だった。

宇都宮市内の、３ＤＫのアパートである。恵都子が二度目の離婚をしたのが、二十三年前。それからずっと住み続けているせいで、全体的に内装がくたびれている。畳など、一度も替えたことがないはずだ。

「コーヒー飲む？」

尋ねられて、耀太はぼんやりと頷いた。飲みたいとは思わなかったが、断るのも面倒だった。

昨日風呂に入らなかったから、髪の毛が脂ぎっている。古くなって千切れた藺草がスウェットパンツに貼りついているのを摘まんで取っていたら、子供の笑い声が弾けた。

芸能人夫婦の子供たちが、巨大迷路の中で走り回っている。たしか日光江戸村の近くにある施設だ。

陸人と萌香も、連れて行ってやればはしゃぎ回るだろうに。麻衣子が忙しかったから、家族旅行も数えるくらいしか行けなかった。こんなことになるのなら、もっといろんなところに連れて行ってやればよかった。

耀太はうつむいて、熱くなってきた目頭を揉む。泣くまいと思っても、勝手に横隔膜がせり上がってくる。しばらく肩を震わせていると、唐突にテレビの電源が切れた。

座卓に湯気の立つマグカップが置かれる。向かいに片膝立てて座った恵都子が、「飲みな」と顎をしゃくって促してきた。

滲み出た涙をパーカーの袖に吸わせてから、耀太はコーヒーを吹き冷ます。すでにミルクと砂糖が入れられており、啜ってみると甘すぎた。独り立ちする前の耀太の好みが、更新されずに染みついている。おそらくそれが、実家というものなのだろう。

「いつまでじめじめしてるつもりなの。いい加減にしないと、体からキノコが生えるわよ」

実家に戻ってきたときは「しばらくゆっくりしてなさい」と優しく迎えてくれたのに、四ヶ月間なにもせずに居座っていれば、母の態度もぞんざいになる。婉曲な言い回しがなくなり、言葉がまっすぐに突き刺さってくる。

「そんなこと言われても、離婚が成立してからまだそんなに経ってないし」

「離婚がなによ。私なんか二度も経験してるわよ」

「母さんは捨てた側だろ。俺は捨てられたんだから」

「捨てるもなにも、アンタが悪いんじゃない」

癒えていない胸の傷をさらにえぐられて、耀太は座卓に突っ伏した。仰るとおりで、言い返す言葉もない。

録音という形で妻の動向を逐一監視し、その弱みを握ったつもりになっていた。だが実のところ麻衣子には、後ろ暗いことなどなにもなかったのだ。パートの小河さんは不当解雇ではなく、就業規則違反による解雇だった。

小河さんのアカウントによる誹謗中傷の書き込みを、麻衣子はすべて保存していた。事務所を空けて出かけたのも、ほんの数分どころではない。勤務時間内にカフェで勉強をする様子が、悪びれるでもなくアップされていた。

彼女の解雇は、自業自得だ。労働基準監督署の問い合わせにもパスしているというから、麻衣子にはますます恐れるべきものがない。

となれば残る問題は、耀太の盗聴のみということになる。加えてありもしない罪で脅そうとしたのだから、麻衣子の拒否反応はなおのこと激しかった。

翌朝には家を追い出され、一ヶ月後には離婚調停が始まった。麻衣子が慰謝料や養育費の受け取りを拒否したものだから、調停はするすると進んでしまった。唯一の争点だった親権も、元々母親のほうが有利なのに加え、無職の夫では勝負にならない。十月半ばには調停が成立し、耀太は抜け殻となっていた。

それからまだ、ひと月も経っていない。財産分与としていくばくかの金は手にしたものの、虚しくて酒を飲みに行く気にもなれなかった。大の男が日がな一日茶の間で呆けているのだから、母親としては鬱陶しくてたまらないのだろう。

「唯がやっと片づいたから、もうちょっとコンパクトな部屋に引っ越そうと思ってたのにさ」

四月に妹が結婚して、やっと肩の荷が下りたと思っていたところ。そこへ兄が出戻ってきたのだから、がっかりもするだろう。それについては、申し訳ないと思っている。

「ごめん、母さん」

謝ると、恵都子はやり切れなさそうに吐息をついた。

「アンタは子供のころから家のことやら唯の面倒やら見てくれてさ、ありがたい反面、危ういなと思ってたわよ。そんなに自分を犠牲にしてたら、いつか爆発するんじゃないかって」

「犠牲だなんて、考えたこともないよ」

「本当に？　唯を放課後一人ぼっちにしないために、部活を辞めたのも？」

「いつまで経ってもレギュラーになれないから、嫌になったんだよ」

これは恵都子への気遣いではなく、本当だ。中一のとき友達に誘われて入ったサッカー部は、耀太の性に合っていなかった。たいして強くもないのに上下関係だけは厳しくて、一年生のうちはボール拾いばかりやらされた。学年が上がってやっとプレイができるようになっても上達はせず、惰性で続けていたようなものだった。

「麻衣子さんとの結婚だって、するっと苗字を変えちゃうし。専業主夫にまでなっちゃうし」

「苗字にも仕事にも、べつにこだわりはなかったよ」

「じゃあ、なににこだわってるのよ」

耀太は甘すぎるコーヒーを啜る。インスタントだから、これといった風味もない。のっぺりとした味は、まるで自分の人生のようだと思った。

特筆すべき才能もなく、ただ人の世話をすることで居場所を確保してきた。その方法が一番手っ取り早く、「俺がいなきゃ駄目」という状況を作りやすいからだ。部活でも仕事でも不可欠な人材になり得なかった耀太なりの、処世術だったのかもしれない。

家庭に依存してきたのは、俺か。

けれども性別による役割分担の意識が根強く残っている社会では、専業主夫はそれほど居心地のいいものではなかった。献身的に妹の世話をしていたときは、「偉いね」「いいお兄ちゃんね」と誰からも褒められたのに、対象が自分の子となるとなぜか眉をひそめられる。「働いていない男」の社会的地位の低さを、耀太は甘くみていたのだ。

だから、焦った。しがみつけるものは唯一、家庭のみだった。地位の低い男は、捨てられまいと必死になった。

その結果が、これだ。馬鹿馬鹿しいと、たるんだ頬に自嘲を刻む。

息子の笑みをどう受け取ったのか、恵都子が「ごめんね」と肩を縮めた。

「アンタの聞き分けがいいのに甘えて、振り回しちゃった私が悪いね。我儘も言えない子供時代を過ごさせちゃって、ごめんね」

苗字がころころと変わって、落ち着かない少年時代を過ごしたのは事実だった。母親の二度の離婚が耀太の人格形成に影響しなかったといえば、嘘になる。だからといって、恵都子に負い目を感じてほしくはなかった。彼女は彼女なりに、必死に働いて子供たちを育ててきたのだから。

「母さんが謝ることじゃないよ」

いたたまれなくなって、耀太は飲みかけのコーヒーを手に立ち上がる。台所の流しの前で残りをすべて飲み干して、カップは綺麗に洗って伏せた。

「ちょっと、出かけてくる」

休日の母親と、二人きりでいるのは気詰まりだ。耀太はダイニングテーブルに置いてあったスマホと財布をポケットにねじ込み、玄関に向かう。その背中に、恵都子が問いかけてきた。

「どこに行くの?」

「仕事、探さなきゃ」

とっさに口を突いて出た言い訳は、すぐに嘘と見抜かれただろう。髪はボサボサで髭も剃らず、服装はパーカーとスウェットパンツ。こんな格好で職安に行っても、足元を見られて終わりである。

それでも恵都子は知らぬふりをして、「気をつけてね」と送り出してくれた。その優しさに、スニーカーの紐を結ぶ手が震えた。

季候のいい時期である。そのため市街地は、平日にしてはまずまずの人出だった。向こうのほうに人垣が見えると思ったら、東京から来たテレビクルーが有名餃子店を取材していた。若者に人気のタレントが来ているようで、見物の中には学校を抜け出してきたらしい中高生の姿も見受けられた。

「誰が来てるの？」

手を繋ぎ合ってはしゃいでいる彼女らに尋ねてみる。見知らぬオジサンに話しかけられた警戒感より、興奮が勝ったらしい。彼女らは早口に、タレントの名前と所属するグループ名を答えた。

大手事務所の、イケメンアイドルグループだ。グループ名に聞き覚えはあっても、個人の名前までは知らなかった。

「へぇ、知らないな」

嘲(あざけ)るような言いかたをわざとしたのは、彼女たちの興奮に水を差してやりたかったからだ。くだらないことで騒ぎやがってと、唾(つば)を吐きたい気分だった。楽しそうにしている若く瑞々(みずみず)しい女の子たちが、単純に妬(ねた)ましかったのだ。

とたんに彼女たちの視線が尖る。互いに制服の袖を引いて、耀太を視界から追い出した。耀太が存在してもいい世界は、またわずかに狭まった。

自業自得さ、自業自得マ〜ン。

でたらめな歌詞を作って頭の中で歌いながら、ガラ空きのラーメン屋に入って、しょっぱいだけの醤油ラーメンを啜る。空腹が満たされると、特になにもすることがなくなった。

マンガ喫茶にでも行こうかと思いながらも、重たい腰を上げられずにスマホをいじる。ラーメン屋は長居するような所ではないが、これだけ空いていれば構わないだろう。離れた席にもう一人いる客も、耀太と似たり寄ったりのくたびれた格好をしていた。

卓上のポットから水を注ぎ足し、飲みながらＬＩＮＥのアプリを開く。そろそろ幼稚園の、秋のバザーの時期だった。心配になってバスボムの作りかたを送ったのに、麻衣子からは既読がつかない。メールも無視されているから、どちらもブロックされているのかもしれなかった。

子供たちとは二ヶ月に一度の面会交流が認められているから、まったくの音信不通になるわけにもいかず、おそらく電話は生きている。だが麻衣子の感情を切り離したような声を聞くのは、恐ろしかった。耀太に家を出てゆくよう言い渡したときの、能面に似た顔が脳裏に浮かぶ。

パートの小河さんに解雇を言い渡した際にも、きっと同じ顔をしていたのだろう。切り捨てると決めた相手に対し、麻衣子は容赦がなかった。

幼稚園のバザー、大丈夫かな。

日時は分かっているのだから、ちょっと覗きに行ってみようか。面会日でもないのに会いに行ったらストーカー扱いされるかもしれないが、遠くから見るだけなら平気だろう。ひと目でいいから、陸人の元気な姿が見たかった。

萌香だって、イヤイヤ期の最中なのに。慣れない麻衣子じゃ、手を焼いているに違いない。パパじゃなきゃイヤと、泣き喚いているんじゃないだろうか。

でも耀太がいなくたって、案外うまくやっているのかもしれない。滋賀の実家から、麻衣子の母親が手伝いに来ているはずだ。ベテラン主婦の手腕で家庭はつつがなく機能して、子供たちはめったに会えなかったお祖母ちゃんが傍にいてくれることに慰められている。四ヶ月も会っていない父親のことなんて、陸人はともかく、萌香はケロッと忘れていたりして――。

自分がいない岩瀬家の日常を、想像するだけで動悸が激しくなってくる。それでも思考を止めることはできない。

そうだ、麻衣子は晴れて自由の身なのだ。再婚禁止期間はあれど、別の男との付き合いが制限されるわけではない。耀太が抜けた穴に、するりと「イッポ先輩」が入り込んでいないともかぎらない。

その場合いずれ子供たちは、あの軽薄そうな男を「パパ」と呼ぶことになるわけか。冗談じゃない。陸人のつむじの香ばしさや、萌香の頰の柔らかさを、あんな男に譲れるものか。

再婚禁止期間は、たしか六ヶ月だったはず。そう思いスマホで調べてみると、法改正によりなんと百日間に短縮されていた。さらに妊娠していないことを医師が証明した場合には、百日以内であっても再婚が認められるという。

女性にのみ再婚禁止期間が設けられているのは、再婚後すぐに生まれた子供の父子関係を明確にするためだ。けれども六ヶ月は長すぎると、以前から問題になっていた。妊娠の有無など検査ですぐに分かる現代では、女性の足かせにしかならない法律だ。その期間が短くなったのなら、きっと喜ばしいことなのだろう。

だが耀太は、「聞いてないよ」と頭を抱えた。この法律ならば、しようと思えば年内の再婚も可能だった。麻衣子は事務処理能力が高いから、そういったこともテキパキと進めてしまえるだろう。

実際のところは、どうなのか。麻衣子の近況を知りたくて、汗ばむ指をスマホに走らせる。麻衣子はＳＮＳの類をやっていないから、『岩瀬麻衣子』で検索すると事務所のホームページがトップでヒットする。

このページを覗き見ることとは、すでに日課となっていた。新着情報の欄をチェックすれば、彼女の予定がある程度摑めるからだ。セミナーや講演など、麻衣子は相変わらず精力的に動き回っている。

それに加えて、来月には本が出版されるようだ。タイトルは『モンスター部下の処方箋』。眠い目をこすりながらパソコンに向かう麻衣子の姿を見てきたから、やっと出るのかと耀太の胸にも感慨深いものが込み上げる。その一方で本を出すまでになった麻衣子の存在が、さらに遠ざかったように思えた。

仕事は、順調なんだな。

べつに行き詰まっていてほしいわけではないが、元妻の活躍にうら寂しいものを感じる。職もなく平日の昼間からまずいラーメンを啜っている自分とは、あまりに違いすぎるじゃないか。耀太が知りたいのは麻衣子の営業用の、キラキラした部分だけではないのだ。

耀太は検索エンジンに、『岩瀬麻衣子　裏の顔』と打ち込んでみる。これでなにかが分かるとはまったく期待しておらず、ただの暗い衝動だった。

けれどもヒットしたサイトの中に、一つ奇妙なものがあった。どうやらブログらしい。タイトルは『社労士試験に落ちたのはヤツのせい！』、その後に続く三行の説明文には『岩瀬麻衣子』『裏の顔はパワハラ女』という文字が並んでいた。

嫌な予感がして、そのブログを覗いてみる。最新記事の見出しをタップしたとたん、眩暈（めまい）がした。そこには句読点もなくびっしりと、麻衣子への怨嗟の声が綴られていた。

人に読まれることなど意識していない、視野狭窄的な感情をぶつけただけの文章だ。読みづらいなりに拾い読みをしてゆくと、社労士の勉強をするかたわら、岩瀬社労士事務所でパートをしていたというプロフィールが書き込まれている。そして所長である麻衣子の人となり、特に「パワハラ発言」の数々が粘着的に綴られて、ある日突然不当に解雇されてしまったと訴えていた。

相手は社労士だから労基署へは先に手を回されて、相談をしても取り合ってもらえなかったとか、弁護士もグルで話を聞いてもらえないとか、支離滅裂な主張を読んでいると、頭がおかしくなりそうだ。結果的に社労士試験には落ちたようで、それを麻衣子の仕打ちのせいにしていた。

さらには首都圏の経営者に向けて、決して岩瀬社労士事務所と顧問契約をしてはならないと、注意喚起までしている。所長自身がパワハラ女なのだから、労務相談などもってのほか。あいつだけは絶対に許せない。皆さんも気をつけてくださいと、しつこいくらい繰り返されている。

他の記事を見てみても、内容はまったく同じ。文章の構成が微妙に違うだけで、似たような言い回しが並んでいる。

ブログがスタートしたのは、社労士試験の結果発表があったという、一週間ほど前からだ。

それから毎日執拗(しつよう)に、おそらくかなりの時間をかけて書き込みがなされている。

投稿者が小河さんであることは、まず間違いがない。

SNSでの誹謗中傷は危ういと感じてブログに移行したのか、真意は分からないが、彼女の逆恨みが並大抵でないことは見て取れた。

麻衣子はこのブログの存在に、気づいているのだろうか。

URLをコピーして、ためしにLINEで送ってみる。でもきっと、既読はつかない。

なにごともなければいいけれど——。

耀太はカウンターの向こうにいる店主に、ビールとつまみのメンマを注文する。それから読みづらいことこの上ない文章を、頭からじっくりと読みはじめた。

第四章

一

そろそろ目覚ましが鳴りはじめる頃合いだろうか。

そんな予感がしても、目を開けるのはまだ惜しい。温かな布団に包まれて、今しばし現実と夢のあわいに遊んでいたい。寒さが身に染みはじめるこの季節の、ささやかな贅沢である。

あと少しだけ、と薄れゆく意識の片隅で言い訳しつつ、麻衣子は左に寝返りを打つ。軽く折り曲げた膝の先に、ひやりと湿ったものが触れた。そのとたん電灯がパッとつくように覚醒し、飛び起きた。

左隣に寝ていたはずの、陸人の姿がない。首を巡らせてみれば子供用の箪笥の前で、パジャマのズボンとパンツを半ばまで下ろしていた。

また、やっちゃったか。

目覚めたばかりだというのに、肩に疲れがのしかかってくる。

「陸人」と呼びかけると、小さな息子は気まずそうに振り返った。

安らかな寝息を立てている萌香を起こさないように、麻衣子はそっと布団を抜け出る。自分のスウェットパンツの膝頭にも、微かな湿り気を感じた。

時計を見れば思いのほか時間が早く、遣りきれなさがいや増した。だが「ごめんなさい」と肩を縮める陸人を、叱ってもしょうがない。

麻衣子はその肩に、「いいのよ」と手を置いた。


今日から十二月。開け放した窓から吹き込む風が、冷たく染みる。

できれば閉めてほしいのだが、ベランダで布団を干しているのは母のよし子だ。頼んで来てもらっている立場上、あまり強くは出られない。

脱衣所では洗濯機が、本日二度目の唸り声を上げている。防水シーツを使っているため、敷布団にまで尿が染みていないのが、せめてもの救いだった。念を入れて布団を天日に干しておけば、心理的にも抵抗がなくなる。

母の後ろ姿を気にしながら、麻衣子はリビングを横切った。その途中でソファの背にかけてあったコートを羽織り、洗面所の鏡で着姿をおざなりにチェックする。

どうせ髪も服も、すぐに乱れる。足早にリビングへと取って返し、まだダイニングテーブルでぐずぐずしている子供たちに声をかけた。

「ほら、もう行くよ。急いで」

仕事用のバッグと共に、中身が詰まった二人分の園バッグを肩にかけると、それだけで服の中心線がずれてよれた感じになる。しかも子供たちは、素直に言うことを聞いてくれない。

「嫌、行かない」と声を上げたのは、食べ残したパンの耳を弄(もてあそ)んでいた萌香である。

「駄目、行くの。さぁ立って」

促(うなが)され、渋々立ち上がったのは陸人のほうだ。萌香は力いっぱい首を振る。

「ヤ、お祖母ちゃんとお家にいる！」

八月に三歳になった萌香の駄々は、前に比べれば収まってきた。けれども平日の朝には、必ずひと悶着がある。二ヵ月前から通いはじめた保育園に、まだ慣れていないのだ。

耀太(ようた)を追い出し、その代わりに滋賀(しが)からよし子を呼び寄せたものの、七十近い母になにもかも任せっきりにはしていられない。萌香のみならず、陸人にも幼稚園から保育園に移ってもらう必要があった。

途中入園とはいえ五歳児の枠にはすんなりと空きが見つかったのだが、三歳児はなかなか難しく、仕事の合間に役所に通いつめてやっと認可保育園に入れられた。兄妹で別々の園になってしまい、手間は二倍だ。朝っぱらから保育園のハシゴをしなければならず、麻衣子は焦(あせ)っていた。

「もう、立って！」

そう言って、聞き分けのない娘の腕を取る。余裕がなくて、少しばかり強く引いてしまったかもしれない。ここぞとばかりに、萌香が声を放って泣きだした。

「ちょっと、そこまで強くしてないでしょ」

「ヤダヤダ、パパァ〜!」

もう五カ月近く会っていないのに、彼女が助けを求めるのは耀太だ。パパと聞いて、押し黙っていた陸人まで泣きはじめる。時間は刻一刻と、過ぎてゆく。

「なんやのもう、朝っぱらから泣かせて。萌ちゃんも陸人くんも、機嫌よう行っといで。帰ったらパンケーキ焼いたげるからな」

よし子がベランダの窓を閉め、リビングに戻ってきた。寒かったのか、鼻の頭が少し赤い。

「パン、ケーキ?」

しゃくり上げながら問い返す萌香に、よし子は深く頷き返した。

「せやで。だから頑張っといで。ほら陸人くんも、男の子やろ」

「ちょっと、やめて」

聞き捨てならなくて、麻衣子はすかさず口を挟んだ。負い目があるから他のことは我慢するが、教育方針については別だった。

男の子だからとか女の子なのにとか、ジェンダーバイアスを表す言葉は使わないでほしいと、前々から言ってきた。でもよし子には、何度説明してもなにが悪いのか理解できない。だから決して、改められることもない。

「はいはい、すみませんね。ほら萌ちゃん、お姫様の靴履きに行こか」

萌香の号泣が落ち着いた隙に、よし子が背中を押して玄関へと誘導する。ディズニープリンセスがプリントされた靴も、麻衣子は気に食わない。萌香が「これ」と言って譲らなかったらしいから、文句をつけるわけにはいかないけれど。

「まぁ、萌ちゃんがお姫様みたいやわぁ。可愛いなぁ」

よかれと思って萌香の機嫌を取ろうとしているよし子に、これ以上は突っかかれない。とにかく急がないと。家を出る心積もりにしていた時刻より、もう十分もオーバーしている。

陸人を促しこちらにも靴を履かせていたら、萌香が両腕を広げて伸び上がってきたので抱き上げてやる。ジョルジオ アルマーニのコートの肩が、さっそく涙と鼻水まみれになった。

「じゃあお母さん、あとお願い！」

玄関から見える範囲だけでも、リビングは台風一過のように散らかっている。よし子に丸投げして行くのは気が引けるが、それもやむなしである。

ドアの鍵は閉められそうにないから、内側から閉めてもらうことにする。大きな荷物を両肩に振り分けて、左腕で抱っこした萌香のお尻を支え、空いた右手で陸人と手を繋ぐ。

体の左右のバランスが取れず、麻衣子はエレベーターに向かいながらよろめいた。もうすでに、腰が悲鳴を上げていた。

「サトちゃん、ごめん。ちょっとこれ、腰に貼ってくれない？」

朝の挨拶もそこそこに、麻衣子は出勤するなりバッグから湿布薬を取り出した。ストラップにはもう、キーホルダーはついていない。気持ち悪くて、ＩＣレコーダー共々捨ててしまった。

先に出勤して仕事をはじめていた丸岡千里（まるおかちさと）が、「いいですよ」と快く頷いて立ち上がる。秋口には無事に職場復帰し、リハビリも終えた彼女は一見普通に歩いている。もう平気だと言うので彼女が担当していた顧問先は、すべて任せることにした。

だから麻衣子にかかる負担は、一時期よりは減っているはずなのだけど。

「どのへんですか」

「腰のね、ちょうど真ん中あたり。そうそう、そのへん」

セーターとインナーをたくし上げ、ドラッグストアに駆け込んで買ってきた湿布薬を貼ってもらう。メントール配合だからその冷たさに反応し、腹筋がひくりと跳ねた。

「ありがとう、助かる」

服の乱れを直し、礼を言う。剝離紙をゴミ箱に捨てて、千里が「いいえ」と首を振った。

「お疲れですね」

「本当に、世のお母さんたちはすごいわ」

麻衣子はげっそりとして、ため息をつく。念頭にあったのは、取引先でマタハラを訴えていた袴田（はかまだ）の顔だ。

母のよし子が家事育児のかなりの部分を負担してくれていても、この有様である。あらかじめ頭の中で立てていた予定が、なにひとつうまく進まない徒労感といったらない。

育児に積極的でない夫を持つ袴田の心労は、いかばかりだったろう。

「家事育児をタスクとして『見える化』していきましょう」なんて、分かったようなこと言っちゃってさ。

なんとなくいいアドバイスをしたつもりになっていたが、けっきょくは追い詰められている袴田の負担をさらに増やすだけである。あなたの創意工夫でパートナーのやる気を刺激しましょうなんて、すでに頑張りすぎている相手に言うべきことじゃなかった。

子供たちの保育園が無事に決まるまでは、麻衣子もパニック状態だった。仕事をしながら情報を集め、役所に通い園の見学に行き、忙しなく動き回っているところに、よし子からしょっちゅう電話が入るのだ。

「陸人くんがキリンさんで遊びたいって泣き喚（わめ）いてるけど、なんのこと？」とか「オムライスを作ったら萌ちゃんがこれじゃないって泣くんやけど」とか。何度目かで「知らないわよ、耀太に聞いて！」と怒鳴り返しそうになって、思い留まった。麻衣子はあまりにも、子供たちのことを知らなかった。「それでも母親なん？」と問いたげな、よし子の沈黙が息苦しかった。

どうか問題を起こさないでほしい、機嫌よく過ごしてほしいと願いながらの、手探りの毎日だ。目まぐるしくて、クライアントとの予定をうっかり飛ばしてしまったこともある。遅刻の連絡ができなかったと袴田が言い訳をしていたのは、こういうことだったのかと実感した。

予定をすっぽかしてしまったクライアントの担当者は三歳の子供がいる若い男性で、「分かります。頭が真っ白になるときありますよね」と許してくれたものの、麻衣子はこの数ヵ月で顧問先をいくつか失った。

そういう場合、理由ははっきりと教えてくれない。おそらくレスポンスが遅いとか、つき合いが悪くなったとか、そのあたりが原因なのだろう。以前は土日でも呼ばれれば駆けつけたが、よし子がいい顔をしないのでそれもできない。

新規獲得のためのセミナーも思うようには開催できず、収入は大幅減。家事育児を引き受けてくれる相手がいなければ、こんなにも仕事に影響するのかと驚くばかりだ。

もうこれ以上、見限られるわけにはいかない。

麻衣子は気合を入れ直すべく、両頬を叩いた。

「愚痴を零してもしょうがないわね。さ、仕事仕事。年末調整がないからって、うかうかしていられないわ」

十二月といえば、昔は年末調整の時期で大忙しだったものだ。しかし二〇一六年以降は所得税法に関する業務である年末調整は税理士の独占業務と定められ、社労士が源泉徴収票などを作成するのは違法となった。

社労士二年目の千里は、当然その当時を知らない。曖昧に微笑んでから、自分のデスクへと向かう。だが椅子に座る前に、意を決したように「あの」と声を上げた。

「出すぎたことかもしれませんが、顧問先、もう少し私に回してもらっても平気ですよ」

「サトちゃん――」

彼女は元々、自己主張の強くないタイプだ。きっとただの思いつきではなく、前々から考えていたことなのだろう。

それだけ麻衣子が、手一杯に見えるのだ。クビにした小河穂乃実のデスクはいまだ空席で、募集すらかけていない。新しい人を雇い入れても、指導をする余裕がなかったためである。クライアントは減っているのに、毎日目が回りそうなほど忙しい。仕事だけしていればよかったころとは、もはや状況が違っていた。

母のよし子にも、いつまでも負担はかけられない。ならばこのへんで、仕事量の見直しをしておくべきだろう。

けれども麻衣子は考えるより先に、にっこりと微笑んでいた。

「ありがとう。でも、大丈夫よ」

独立してからこの十年、必死に顧客を増やし、業績を伸ばしてきた。すべては麻衣子の頑張りによるものだ。産後二週間で職場復帰したときは体がボロボロで今より辛かったくらいだが、気力だけで乗り切った。

だからきっと、まだやれる。必死に駆けずり回って契約を取ってきた顧問先を、自分から手放すなんてまっぴらだった。

「そうですか。なら、いいんですが」

千里はそれ以上食い下がらず、椅子にすとんと腰を下ろす。言葉とは裏腹に、その表情は固かった。

「ごめんくださーい！」と、廊下から呼びかけてくる者がいる。入口のドアに嵌まった磨りガラスに、宅配業者の制服の色合いが透けていた。

「いい、私が出る」

大腿骨に金属のプレートが入っている千里を、何度も立たせるのは忍びない。反応しかけた彼女を手で押し留め、麻衣子は「はぁい」とよそ行きの声で応じた。

二

「おお、すごいじゃん」

おずおずと差し出された本を受け取って、イッポ先輩は素直に顔を輝かせた。

タイトルと著者名が印字されているだけの、シンプルな装丁の新書である。しかし帯には白黒ながら、麻衣子の顔写真がプリントされている。スーツをパリッと着こなして、実物よりもできる女風に写っているから、なおのこと恥ずかしい。

「今日、事務所に見本が届いたんです。よかったら、一冊もらってやってください」

「くれるの？　やったね」

蛍文（けいぶん）出版から出る予定だった本に、やっと刊行の目途がついた。タイトルは『モンスター部下の処方箋』。十二月十日の発売である。

入社一年目の新人なのに雑務を嫌がり、自身の成長に直接繋がる仕事にしか興味を示さない部下。自分の意見が通らなかったことに拗（す）ねて無断欠勤を繰り返した挙句、退職代行業者を使って勝手に退職してしまった部下。企画が甘いと再考を命じられ、その足で「パワハラを受けている」と上司に報告しにいってしまう部下。などなど、社労士として麻衣子が実際に目にしてきたトラブルと、その対処法を詰め込んだ一冊だ。

もちろん守秘義務があるから肝心のところはぼかしてあり、特定の企業や個人に迷惑がかからないよう配慮している。ちなみにエピソードの一つ、会社や上司への誹謗中傷をＳＮＳに書き込んだ部下の例は、穂乃実がモデルだったりする。

「やだもう。そんなに帯をじっくり見ないでくださいよ」

「いや、いい顔してるよ。つい仕事を頼みたくなる感じだね」

「ええそりゃあもう、ご依頼いただければ張り切りますけどね」

新宿駅西口の、すっかり馴染みになった喫茶店である。

昨今の風潮に従いイッポ先輩が経営する会社でも、育休の取得を検討している男性社員がいるらしい。麻衣子は男性育休にまつわる助成金の説明のために呼び出されたのだった。

助成金の受給には育児休業に関する規定が記載された就業規則が必要とされるため、実にタイミングがいい。「作っといてよかった」と、互いに言い合ったものである。

申請に必要な書類の説明などを終え、ちょうどさっきイッポ先輩から、助成金の代理申請の依頼を受けたところだった。

麻衣子は「頑張ります」と、力こぶを作るジェスチャーをする。

「でもさ、本を出したらさらに忙しくなっちゃって、うちみたいな小さいところの仕事は受けてくれなくなっちゃうんじゃない？」

「またそんなこと言って。優先的にやらせてもらいますよ」

イッポ先輩の面白くない冗談にも、調子を合わせてあははと笑った。

書籍を出版する本来の目的は、新規顧客の裾野を広げるため。だからそうもいかない現状が、虚しくもある。刊行後には大型書店でのトークショーが予定されているのだが、そんなわけでやる気が湧いてこなかった。

この本で、名前と顔をしっかり売っておくつもりだったのに。

睡眠を削りながら、コツコツと書いてきた原稿だ。その努力が、今やすっかり空回りしている。イッポ先輩には「新規の依頼がきても、受けるキャパがないんですよ」と、言い返してやりたかった。

でも本音を言って、足元を見られても困る。麻衣子はカップに残っていたコーヒーを飲み干してから、さりげなく腕時計に目を遣った。

さて本も渡せたし、そろそろ引き上げるとするか。

時刻は午後二時十七分。移動時間を含めても、次の予定まではまだ余裕がある。

以前の麻衣子ならイッポ先輩とのひとときを、できるだけ引き延ばそうとしただろう。でも今は、この人のどこにときめいていたのか思い出せない。

空になったカップの縁に残る口紅は、ドラッグストアで買った安物だ。麻衣子のメイクがおざなりになったことに、もちろんイッポ先輩は気づいていない。

持参した書類をまとめて帰り支度をしていたら、その手が伸びてきて麻衣子の手の甲に重ねられた。

「せっかくだから、刊行のお祝いしようか。今夜飲みに行かない？」

そうきたか。二の腕がぞわっと粟立つのを感じながら、麻衣子は営業用のスマイルを顔に貼りつけた。

バツイチの女はモテるんだよと、イッポ先輩は言った。

なにかの話のついでに、離婚が成立したと報告したときのことだ。離婚調停のいざこざはイッポ先輩も経験したことらしく、いくつかアドバイスをもらっていた。だからこその義理として、結果を告げただけだったのだが。

「そう、大変だったね。なにかあったらいつでも言って。力になるよ」

いつもより熱と色気の混じった眼差しを向けられて、戸惑った。イッポ先輩の中で麻衣子は「手を出すと面倒がある女」から、「ほどよく遊べる女」に昇格（？）したようだった。

「お互いバツイチ同士なんだからさ。お似合いじゃない？」

手を握ったまま、イッポ先輩は湿り気のある声でアピールしてくる。母性本能をくすぐろうとしているのか、いちいち上目遣いになるのが鬱陶しい。

これはモテてるとは言わない。舐められているのだ。

独り身になって寂しかろうから、今が狙い目とばかりに攻めてくる。後ろ盾になる男がいないのだから、もはややりたい放題だ。幼子を抱えたシングルマザーなんて、彼の目には脚に傷を負ったガゼルくらいに見えているのだろう。

学生のころから、後腐れのなさそうな女性とばかり関係してきたイッポ先輩。その嗅覚に引っかかったことには、喜びよりも嫌悪のほうが強く感じられた。

麻衣子は上から押さえつけるように握られた手に視線を落とす。これはセクハラにあたるわけだが、イッポ先輩は分かってやっているのだろうか。

同じことを、会社の部下にはおそらくやらない。訴えられたらおしまいだと、彼は理解している。

その一方で女性経営者は利害関係のある取引先に強く出られないし、法で守られてもいない。そんな立場の危うさを、こういう人は巧みに嗅ぎ分ける。

独立したばかりのころはまだ三十代の前半だったから、もっとひどいアプローチだってあった。この程度のセクハラなら、ましなほうだ。当たり障りなく切り抜ける方法も会得している。

だからといって、心が削られないわけじゃない。

あーあ、憧れてたのにな。

喉元に込み上げてくる苛立ちを抑えながら、麻衣子は空いているほうの手でイッポ先輩の手の甲を優しく叩く。「はいはい」と、意識して子供をあやすような声を出した。

「お気持ちだけ受け取っておきますよ。子供が小さいんで、夜は家を空けられませんから」

「お母さんが見ててくれるんだろ？」

「母だって、もう若くないんですよ」

麻衣子が仕事を終えて帰るころには、よし子はいつも満身創痍になっている。同じように一男一女を育て上げた経験があっても、陸人は兄ではないし萌香は麻衣子じゃない。育児の常識も当時と変わっていることが多く、その度に混乱するようだ。

なるべく夕飯には間に合うように帰っているが、たまに遅くなると「もう少し早く帰れないの？」と嫌味を言われる。体力オバケな子供たちの面倒を、長時間見るのはきついらしい。

「ひと晩くらいは大丈夫だよ」

人の家の事情など分からないのに、イッポ先輩は無責任なことを言う。

バツイチ同士といったって、彼の手元に子供はいない。こういった発言から推察するに、離婚前から子育てには関わってこなかったのだろう。

ま、私も人のことは言えないけどさ。

だからイッポ先輩の無責任を責めるつもりはないけれど、子育ての苦労が養育費の支払いのみである彼とは立場が違う。たとえ手探りでも、麻衣子は子供たちと向き合っていかなければならない。

「それじゃあ、十五年後くらいまで保留でお願いします」

そのくらい経てば、本当にひと晩家を空けても大丈夫。ようするに遠回しに断ったのだが、イッポ先輩にはピンとこなかったようだ。麻衣子に視線を合わせたまま、もの問いたげにしきりに瞬きをしている。

遊び上手で軽薄で、女性をさりげなくエスコートできるイッポ先輩。そういった、上辺のスマートさが好きだった。学生時代は、彼の隣に立つ女性を羨ましく眺めていた。

でも、違うね。この人は、私をターゲットとして見てるだけ。

きっと彼にとって異性とのつき合いは、スタンプラリーみたいなものだ。薄っぺらい紙に色も形も様々なスタンプを集めて、喜んでいる。たまには特別なレアスタンプなんかもあるのだろうが、たぶん麻衣子はそれですらない。

イッポ先輩の力が緩んだ隙に、するりと手を抜く。妹分キャラとして扱い続けてくれたなら、ずっと憧れでいられたのに。

「なんだよ、マイマイ。行っちゃうの？」

残念ながら、その呼びかたにもときめかない。きっとイッポ先輩は意図的に、この呼び名を使っていたんだろうけども。

「あ、すみません、電話が」

バッグに資料を仕舞っていたら、ちょうどいいタイミングでスマホが震えだした。仕事の打ち合わせはとっくに終わっていたが、麻衣子は許可を求めるように相手を窺う。

今日のところは脈なしと諦めてくれたのか、イッポ先輩は椅子の背もたれに寄りかかり、追い払うように手を振った。

「行っていいよ。払っとくから」

「ありがとうございます。失礼します」

コートを腕に掛け、麻衣子は儀礼的に頭を下げる。喫茶店を出る前に、手の中のスマホが留守電に切り替わったのが分かった。

嫌な予感がする。液晶画面には、『お母さん』と表示されていた。よし子は長々と、留守電にメッセージを吹き込んでいるようだ。屋外に出ても、電話はまだ切れていない。寒風に身を縮めながら、「はい」と応じる。

留守電から通話に切り替わり、よし子は「ああ、マイちゃん」と縋りつくような声を出した。

三

薄暗い部屋で腹這いになったまま、整った寝息が聞こえてくるのをじっと待つ。

萌香は鼻が詰まっているのか、時折プウプウという音が混ざるのが可愛らしい。やがて左側に寝ている陸人の胸も、規則的に上下しだした。

しばらくそのまま様子を見て、麻衣子は枕元の電気スタンドを消す。それから自分が将棋崩しの駒にでもなったかのように、慎重に慎重に、周りの空気を揺らさぬように、そっと布団から抜け出した。

読み聞かせた絵本は、全部で五冊。片づける音で目を覚ますかもしれないから、枕元にそのまま重ねておくことにする。

わずかな達成感と大いなる疲労を抱え、麻衣子はリビングへと向かった。

「寝た？」

風呂上りの母がダイニングセットの椅子に座り、濡れた髪を拭いている。数年前から白髪染めをやめたらしく、グレイヘアと言えば聞こえはいいが、そこまで手入れが行き届いていない。髪が細ったのか、濡れていると地肌が目立った。

「うん、なんとか」

時計の針は、九時四十分を指している。寝かしつけに、一時間半以上かかったようだ。特に陸人が、なかなか寝ついてくれなかった。

「陸人くんも、びっくりしたんやろうね。可哀想に」

よし子はタオルを首にかけ、同情するように眉根を寄せる。彼女も今日は疲れたはずだ。

陸人が保育園で、お友達に怪我をさせた。よくあるトラブルではあるが、我が子のこととなると心臓が摑(つか)まれたようにギュッとなる。園からの連絡を受けて、祖母のよし子が慌てふためくのも無理はない。

次の顧問先に向かわねばならなかった麻衣子は、ひとまずよし子に陸人の迎えを頼んだ。なんでも陸人は木製のブロックを独占しており、「貸して」と言ってきた友達ともめたそうだ。そして勢い余って手に持っていたブロックで、相手をぶってしまったらしい。

「ああいうときは、すぐ帰ってきてくれな困るわ」

「うん、ごめん」

よし子はひとこと文句が言いたくて、寝かしつけが終わるのを待っていたのだろう。麻衣子は謝りながらキッチンに入り、冷蔵庫からクラフトビールを取り出した。

「軽いなぁ。あんたの子供やのに」

「だから電話で謝罪もしたし、対面で謝る段取りもつけたよ」

今はネットで検索すれば、『保育園で子供がお友達に怪我をさせてしまったときの対処法』なんていうページが見つかる。顧問先との面談を終えると麻衣子はすぐさま保育園に走り、担任の先生からあらためてそのときの状況と、相手方の連絡先を聞きだした。

木のブロックが目元をかすり、お友達は目の毛細血管が一本切れていたらしい。幸い目薬で治るそうだが、相手の母親には謝罪が遅いと責められた。仕事を理由にしようにも、働いているのはお互い様だ。

明日は登園前に顔を合わせて、直接謝罪することになっている。そのときは陸人にも、ちゃんと謝らせるつもりだ。それが筋と分かっていても、すでに気が重かった。

「そうやなくて、もっと陸人くんのこと考えたげて。おねしょもそうやし、小さいなりに不安なんやと思うで」

痛いところを突かれた。よし子とは目を合わさずに、麻衣子は瓶に直接口をつけてビールを喉に流し込む。アルコール度数が高めの、個性的なビールである。がつんとした苦味に、思わず顔をしかめた。

おねしょなんて、陸人はとっくに卒業していたはずだった。再発した理由は言うまでもない。耀太がいなくなったからだ。

陸人も萌香も初日はパパがいないと泣きわめき、泣き疲れて眠るほどだった。陸人がまずはじめにおねしょをしたのは、その明け方のことである。それ以来月に二、三度は、失敗するようになってしまった。

自分で望んだわけでもないのに、彼の小さな世界は様変わりしてしまった。幼稚園から保育園に移るときも、お友達と離れたくないと泣いて嫌がっていた。そういったストレスが積もりに積もって、今日のトラブルを招いたのかもしれなかった。

「耀太さんとの面会は？　全然会わせてへんのやろ」

「子供たちが新しい環境に慣れるまでは、面会はやめようってことになってる」

離婚調停で取り決めた面会交流の頻度は、二ヵ月に一度。本当ならそろそろ面会日を決めないといけないのだが、麻衣子は耀太を子供たちに会わせたくなかった。

彼とのやり取りすらも嫌で、連絡手段はすべてブロックしている。電話くらいは繋がるようにしておこうと思ったのだが、ショートメールにバスボムの作りかたが届いたのを機に、着信拒否設定にした。幼稚園の秋のバザーの前に陸人の転園は済んでいたというのに、おめでたすぎて腹が立った。

なにか用事があれば、こちらから連絡をする。向こうから働きかけてくるのは筋違いだ。そう思っていた。

「会わせてあげなよ。あんたの我儘に振り回されて、可哀想なんは子供らやで」

「我儘って、私が？」

「もちろんあんた。耀太さんのこと、許してあげたらよかったのに」

「なんでやねん。私は行動を逐一監視されてたんやで！」

よし子につられ、西の言葉で叫んでいた。思いのほか声が大きくて、麻衣子は慌てて口元を押さえる。耳を澄まして子供部屋から物音がしないのをたしかめてから、ホッと息をついた。

父や兄には離婚理由を詳らかにしていないが、助力を願う手前、母にはすべて打ち明けてある。そのときには「大変やったんやね」と同情してくれたはずなのに、手のひらを返されたような気分だった。

「耀太さんも、不安やったんやろ。あんたが家のこと全部押しつけて、仕事ばっかりしてるから」

「押しつけてない。二人で話し合って決めたことや」

「そうやね、耀太さんが専業主夫になってもいいって言ってくれたんやもんね。子供が二人もおったら、大変やったやろうに」

「私だって、家事育児手伝ってたし」

「それ、今どき男の人が言うたら大炎上するやつ。朝の情報番組でやってたで」

よし子が得々としてこちらを指差す。男女を入れ替えて考えてみるとまさにその通りで、麻衣子はうっと言葉に詰まった。

「この家の台所とかクローゼットとか、使ってみたら分かるわ。耀太さん、ホンマにようやってくれてたんやね。収納も動線も、しっかり考えられてて動きやすいわ」

たしかに耀太は、頑張ってくれていたのだろう。よし子と麻衣子の二人がかりで家事をしているというのに、いつの間にかシンク周りには水垢が浮いている。力を入れて擦(こす)っても、なかなか落ちなくなってしまった。

だけど、頑張っていたのは耀太だけなのか。麻衣子だってべつに、遊んでいたわけではないのだ。

「でも私も、家族のために一生懸命働いてたんやから」

「マイちゃんは、家族がおらんでも働くやろ。働く自分が大好きやろ」

またもや図星だ。たとえ独身だったとしても、麻衣子は懸命に働くだろう。仕事とは、まさに自己実現の手段だった。

だからといって、辛いことがないわけじゃない。歯を食いしばって耐えることも、疲れた体に鞭打つこともある。自分の稼ぎだけで家族を養ってきたことを、軽んじられたくはなかった。

「働いたことのないお母さんには、分からへんよ」

麻衣子がそう言い放ったとたん、よし子の顔からすっと表情が消えた。

怒るでも悲しむでもなく、どこを見ているか分からない眼差しは虚ろだ。重たそうに一つ瞬きをしてから、彼女は言った。

「働いてたわ」

「えっ？」

「ずっとそう言われてきたけど、働いてた。職人気質のお父さんに、接客ができる？　経理は？　雑務は？　それでも店が成り立ってたんはなんで？」

矢継ぎ早に問いかけられて、麻衣子は呆然と立ち尽くす。

そうだった。思い返してみればよし子はいつも、クリーニング店のカウンターに立っていた。来客の相手をし、預かり票を書き、電卓を叩いて、電話に出る。その合間に休むことなく、家事育児をこなしていた。

よし子がいなければ、アルバイトを雇う必要があるくらいに働いている。それなのになぜ、今の今まで働いたことがないと思い込んでいたのだろう。

それはたぶん祖母や父親が、そう言っていたからだ。自分で稼いだこともないのにと、彼らはいつだってよし子を見下していた。

だが母は働いていた。ただ、給料をもらっていなかっただけのこと。彼女は無料で使える、便利な労働力だったのだ。

クラフトビールの瓶を握る指先が、冷えて感覚を失っている。学校から帰ると店のカウンターから「おかえり」と微笑みかけてくれた母が、今はキッチンカウンターの向こう側で皺んだ頬に自嘲を刻む。

なんと言っていいか分からず、麻衣子は視線を彷徨わせる。よし子がおもむろに手を上げて、こちらを指差してきた。

「ねぇ。その変わったラベルのビール、私にも一本ちょうだい」

ダイニングテーブルの向かい側で、よし子が小気味よく喉を鳴らしている。

まさか母と差し向かいで、ビールを飲む日が訪れようとは。飲んでいるところを見たことがなかったから、お酒が駄目な人なんだと思っていた。

三分の一ほどを一気に飲んで、よし子はふうと息をついた。

「うん、ちょっと癖があるけど美味しいわ」

さほど強くはないのか、早くも頬が赤らんできている。首にはまだ、タオルが掛かったままだった。

「髪の毛、乾かさないと風邪ひくよ」

「平気。一本一本が細なって、放っといてもすぐ乾くわ」

それはいいのか悪いのか。短く切りそろえられた髪はふわふわとして頼りなく、すでに半ば乾いているようだった。

おつまみとして小皿に出したナッツを、よし子は左の歯だけで噛むむ。どうやら右側は、本数が一本足りないようだ。そのせいか、下顎が少し歪んだようである。

自分自身の体のメンテナンスを、長年後回しにしてきた女の顔だ。老けたなと、つくづく思う。麻衣子もまた、彼女から若々しさを吸い取った一因だった。

「家を出たのは、やっぱりお父さんに愛想を尽かしたから？」

聞きづらくて避けてきた話題も、今なら聞けるような気がした。よし子は指先についた塩を舐め、「それやったら、もっと早くに出て行ってるわ」と苦笑する。

「やっぱり、お店を閉めたんが大きかったね。仕事がなくなったらお父さんとは、もうなんも話すことあらへんもの。この先体が動かんようになるまで黙々と、この人のおさんどんをせなならん。そう思たら、うんざりしてしもてな」

「離婚までは、する気はないの？」

「どうなんやろう。それも一人になってからゆっくり考えるつもりやったけど、ほら、こんなことになってしもて」

よし子が両手を軽く広げ、現状を指し示す。小さなアパートで新生活をスタートさせたとたん、離婚調停中の娘に子守り役として呼びつけられたのだから、たまったものじゃない。むしろ、よく引き受けてくれたものである。

「ごめん」

家事育児もまた、無償の労働だ。よし子の家業への貢献を無視してきたのと同じように、麻衣子はおそらく対価のない労働を軽んじてきた。だからこそあたりまえのように、やっと家族から解放された母親にSOSを出せたのだ。

ずっと、父や祖母に頭を押さえつけられても耐えている、母のようにはなりたくないと思っていた。だからこそ勉強を頑張り資格を取って、独立もした。これからは夫婦にも多様性が必要なのだと自分が外で働くことを選び、耀太には家庭に入ってもらった。

そうやって古い価値観を切り捨てて、得意になっていたことは否めない。麻衣子は自分がそう願ったように、母のようにはならなかった。

けれども、今気づいた。その代わりに、父のようになっていたのではないかと。

一家の大黒柱というと、麻衣子が抱いているイメージは旧世代の父だ。稼いでいる自分が一番偉く、家族はあくまでサポート役。疲れて帰って家が散らかっていると、相手の労力には目もくれず不機嫌になる。家庭内の些末事に、煩わされるなんてもってのほか。仕事さえしていれば、他の責任からは逃れられると思っている。

心当たりがありすぎて、胸が痛くなってきた。麻衣子は無意識のうちに、耀太に母のような献身を求めていたのかもしれない。

さぞかし、息苦しかったことだろう。でも今さら気づいたところで、もうあのころに戻れはしない。

「ごめんなさい」

ここにはいない人への思いも込めて、麻衣子はもう一度謝った。

よし子は眠そうに目をとろんとさせて、「うん」と頷く。

「私もさすがに、しんどいわ。いつまでも頼れるとは思わんといてほしい」

できれば残りの人生は、自分のために生きたいと母は言う。

壁掛け時計の秒針が、後悔を刻むように音を響かせていた。

四

昔のスーツが、軒並み体に合わなくなっていた。

しかたなく量販店で新調したものの、腹回りに合わせると全体的にダボダボでみっともない。特に肩回りが余っており、入学したての中学一年生のようである。

仕事が決まったら、セミオーダーでいいからこれをどうにかしなければ。そう思っているうちに、いつの間にか年が明けていた。

足のサイズは変わっていないはずなのに、革靴まできつく感じるのはなぜだろう。そういえば、長らく手入れをしていない。砂埃や細かい傷がついて、ずいぶんとくたびれている。

「なるほど。昨年、東京からUターンなさったんですね」

形式ばった口調に、耀太は「はい」と背筋を伸ばす。靴を気にかけている場合ではない。長机を挟んだ向こう側に、銀縁眼鏡のスーツの男が座っている。額が広く、毛髪も後退しているため、米粒のような輪郭である。

男は人事担当の蕎麦谷と名乗った。残念ながら、米ではなかった。

「以前はSEをなさっていたと」

相手からの質問に、耀太はまたもや「はい」と歯切れのよい返事をした。

「ソフトウェア開発ベンチャーで、業務システムの開発に携わっておりました」

「それでしたら、パソコンにはお強いんでしょうね」

「はい、自信はあります」

大手警備会社の、北関東支社である。

警備員ではなく、PC作業が主な部署だと聞いて応募した。オンラインでセキュリティの管理と監視を行うのが業務である。給与は決して高くはないが、自分一人を養うだけなら充分だ。

蕎麦谷は耀太が持参した履歴書に目を落としたまま、右手でボールペンを弄んでいる。ものも言わずに、なにかを考えているようだ。

奇妙な間である。きっと、次の質問はあれだろう。

「失礼ですが、前の会社を退社されてから今まではなにを？」

やっぱりだ。聞きづらくともこの項目だけは避けることができないと、蕎麦谷の眼差しが語っている。

背中が丸まりそうになり、耀太は意識して胸を張った。

「はい、主に家事と育児をしておりました」

なんの変哲もない会議室。空調の稼働音が聞こえるくらい、蕎麦谷は沈黙した。耀太の返答の、意味が摑めなかったようだ。

「と、言いますと？」

「専業主夫、です」

「ああ」

だったらはじめからそう言えと、舌打ちせんばかりの相槌だった。

「すみません」

「あ、いや。ご病気で離職されたのかと思ったので」

病気というのは、主に鬱か。今はそういうケースが多いのだろう。専業主夫という回答は、想定外だったらしい。

「五年間、アルバイトなどもなさらずに？」

「いいえ、二人目が生まれる前に、一年ほど時短の派遣を。情報通信系のサポート業務です」

「なるほど」

蕎麦谷の、眉間の皺が深くなる。そんな顔をしなくても、通算四年のブランクが不利なことくらい分かっている。

前職がそうだったからとＩＴ系の企業にも何社か履歴書を送ってみたが、すべて面接に進む前に断りの連絡がきた。元ＳＥといっても五年前の知識では、もはや使い物にならないと判断されたのだ。

それならばと他業種にも手を広げてみたが、そもそも正社員の募集が少ない。やっと面接にこぎつけたと思っても、離職期間に難色を示される。「奥さんはなにしてたの？」と、あからさまな質問を投げてきた会社もあった。

そりゃあ、専業主夫とは言いづらくもなる。むしろ鬱病で休職していたと言ったほうが、理解を得やすいかもしれなかった。

案の定、蕎麦谷は難しい顔をしたままこう尋ねてきた。

「四年間、なにもしてこなかったんですか？」

「えっ？」

「たとえば資格の勉強とか」

なにもしなかったわけじゃない。さっき言ったとおり、家事と育児だ。しかし蕎麦谷は、その労働をなきものとして尋ねてくる。

「ええっと――」

「分かりました。当社は夜勤もありますが、お子さんは大丈夫ですか」

耀太が戸惑っていると、蕎麦谷は勝手に話を前に進めてしまった。

「はい、それは問題ありません。今は、一人なので」

「――なるほど」

だんだん読めてきた。蕎麦谷は気まずさを打ち消したいとき、「なるほど」と相槌を打つ。

それに気づいたところで、面接に有利に働くわけでもないのだが。

「ところで今回は統括部門でのご応募ですが、仮に警備部門で採用となってもご対応いただけますか」

「警備部門、ですか」

「ええ、オフィスビルや商業ビルの、常駐警備業務です」

これはまたずいぶん、話が違う。そういった施設の警備員といえば、近年はリタイア後のシニアの仕事というイメージだった。

耀太はまだ三十九歳。どうせならもっと、自分を高められそうな仕事がしたい。

そんな希望も、ブランクのある身には贅沢なのだろうか。選(え)り好みをしていたら、なんの仕事にも就けないかもしれない。

「はい、大丈夫です。やれます」

だがその返答は、すでにタイミングを逃していた。耀太の逡巡を、蕎麦谷はとっくに見抜いている。

「分かりました。ありがとうございます」

また読めた。蕎麦谷の「分かりました」は、どうやら相手を遮断したいときの方便だ。

やっぱり、資格か――。

スマホからハローワークのインターネットサービスにアクセスし、画面を睨む。ためしに求人検索フォームの希望職種欄に、管理栄養士と打ち込んでみた。病院や介護施設を中心に、ずらずらと求人が出てくる。これなら多少のブランクがあったとしても、再就職に困ることはなさそうだ。

というのも妹の唯が、妊娠三ヶ月目と分かったのだ。正月二日に実家に遊びにきて、安定期に入るまでは内緒ねと言って教えてくれた。あの日は久し振りに、いい酒が飲めた。

出産後も唯は仕事を続けるつもりのようだが、仮に育児に専念したいと思ったとしても、管理栄養士の資格があれば安心だ。

――資格なぁ。

ＳＥ時代の同僚には、国家資格である情報処理技術者試験にチャレンジする者もいたが、合格率は高くなかった。そもそもあの激務の中で、勉強の時間を捻出するのは不可能なのだ。それでも合格した奴は、より条件のいい会社に転職していった。

今の耀太なら、勉強に充てる時間はある。だがもう一度SEとしてやっていきたいかといえば、答えは否だ。自分に向いていないことは、前の職場で身に染みていた。

「はい、レバニラ定食とビールね」

テーブルに注文した料理が届けられた。初老の夫婦二人だけで回している、町中華である。昼飯時を過ぎているため、客は耀太一人だ。中華鍋を振っていた店主が厨房から出てきて、隅の席に座って煙草を吸いはじめた。

微かに流れてくる煙のせいで、ビールがより苦く感じられる。さっきの面接は、たぶん不合格だろう。万が一合格だったとしても、警備部門に回されるのはやっぱり嫌だ。

この際業種はなんでもいいけど、職種は選びたいんだよな。

特筆すべきスキルもないのにこんな我儘を言っている奴が、スムーズに再就職できるわけがない。やりたくない仕事はあるのに、やりたいと思える仕事がないのだから。

「同居する母親の遺体を自宅に放置したとして、――市に住む無職の男が逮捕されました」

壁に設置されたテレビから、ワイドショーのニュースを読み上げる声が聞こえてくる。無職という言葉に反応して、耀太は思わず顔を上げた。

逮捕された男は五十六歳。体調を崩し、十年以上前から母親の年金で暮らしていたという。その母親が昨年他界し、年金がもらえなくなることを恐れた男によって押入の衣装ケースに隠された。異臭に我慢できなくなったアパートの隣の住人が通報し、発覚に至ったそうである。

「なんか最近、こういうの多いなぁ」

「大の男が働きもせず、情けないねぇ」

店主とその妻は、無職の男への嫌悪感を隠さない。

経済的に困窮する中高年と、年金生活者である親の組み合わせ。親が死ねば子も共倒れで、生きるためにその死を隠す。子がなぜそこまで追い詰められたのか、理由までは報道されず、視聴者は「働けよ」と憤る。

自分も将来、ああならないという保証はない。そう思うと、ぞっとした。

母の恵都子（えつこ）もあと半年ほどで六十五歳。定年を迎え、年金生活者となる。それまでに仕事が見つからなければ、耀太もニュースの男と似たり寄ったりだ。

なんとかしなければと焦りながらも、レバニラ炒めを頬張った。血抜きがうまくできていないのか、レバーが臭い。この店はハズレである。

ゆっくり味わうのをやめて機械的に咀嚼（そしゃく）しながら、耀太はスマホを操作する。もはや正社員という望みは捨てて、派遣会社に登録すべきか。派遣で二、三年ほど働けば、派遣先企業に直接雇用される見込みもある。だが雇い止めに遭った場合には、また不安定な立場に逆戻りだ。

どうしたものか。伝手（つて）を頼れるものなら、頼りたい。しかし人脈の構築のためと思って参加ったのだ。

した地元の友人たちの飲み会は、散々だった。彼らの会話は総じて、愚痴を装った自慢大会だ

家のローンがまだあと何十年あるとか、部長に昇進したものの増えたのは責任ばかりとか、子供を小学校から私立に入れたせいでカツカツだとか、すべては持てる者の悩みである。会の半ばで耀太は気づいた。そもそも人生に失敗している奴は、高校時代の友人の集まりなどに顔を出さないのだと。

宴もたけなわ、酔いがすっかり回ったころに、彼らの興味は耀太に移った。東京でなんの仕事をしているのかと聞かれて言葉に詰まっていると、会の中心人物が真っ赤な顔で手を挙げた。

「あ、俺知ってる。耀太、専業主夫やってたんだろ?」

いったいどこから洩れたのかと、冷や汗が出た。結婚してからは、地元の友人たちとはろくに連絡を取っていなかった。唯一の例外が、昨年東京で会った峰岸(みねぎし)だ。でも彼と高校時代の友人たちには、接点がないはずだった。

詳しく話を聞いてみると、噂の出所は妹の唯のようだ。彼女が親しい友人に打ち明けた話が、拡散されているらしい。こういった話題の地元での伝播(でんぱ)力は、凄まじいものがある。

「ええっ、いいなぁ。羨ましい」

「嫁に食わしてもらってんのか。最高じゃねぇか」

「俺も昼間からダラダラしてぇ！」

専業主夫という単語から勝手に悠々自適の生活を想像して、友人たちが盛り上がる。「羨ましい」と言うわりに、主夫という立場への解像度が低い。自分たちとは違うお気楽な身分だと、心の底で見下しているのだ。

言い出しっぺは狼狽える耀太を見て、ニヤニヤしていた。奴はきっと、耀太が離婚によってなにもかもを失ったことまで知っている。でなければ「専業主夫やってた」と、過去形で言わないはずだ。彼にとって異質な耀太は、物笑いの種だった。

ここでもやはり、働いていないというだけで嘲弄される。耀太が苦しい現状を打ち明けて「仕事を紹介してほしい」と頼んだところで、「自業自得だろ」と撥ねつけられそうだった。自分の力だけで家を建て、部長に昇進し、子供を私立に入れたと信じている彼らが、耀太に対して親身になれるわけがなかった。

きっと自分が席を立てば、彼らは耀太の離婚話で盛り上がるはず。そう分かっていたけれど、それ以上はいたたまれなくて、耀太は帰ることにした。途中のコンビニでカップ酒を大量に買い、飲みながら歩いた。

めちゃくちゃに酔って記憶を飛ばしてしまいたいと思ったのに、翌朝ひどい二日酔いに襲われただけで、会話はしっかり覚えていた。耀太は布団に包まって、痛む頭を拳で叩いた。すると視界がぐらりと揺れて、慌ててトイレに駆け込み、胃の中のものをすべて吐いた。

胃液が鼻の奥を刺激して、涙が出てきた。顔中をギトギトにして、便器を抱えたまま嗚咽した。

この地元にはもう、友人と呼べる者はいない。そう悟らずにはいられなかった。


飲んだビールが涙に変わり、目頭にじわりと滲む。

それを指先で拭(ぬぐ)ってから、耀太は手を挙げて二杯目を頼んだ。

臭いレバニラを口に詰め込みながら、孤独を紛(まぎ)らわすためスマホの写真フォルダを開く。そこには陸人や萌香との、懐かしい時間が詰まっている。

子供たちには、夏からずっと会っていない。せめて声だけでも聞きたいが、麻衣子とは連絡がつかない。年賀状を送ってみても、返事が届くことはなかった。

冬になると、陸人は必ず一度は風邪をひく。そのウイルスを大人がもらうと大変なことになるから、悪化させないよう細心の注意を払ってきた。ちょうど今くらいの時期だ。大丈夫だろうかと、心配になってくる。

明日はたしか、都内の書店で麻衣子のトークイベントがあるはずだ。別れた上に連絡手段まで断たれた元妻のスケジュールを把握(はあく)しているのは我(われ)ながら気持ち悪いが、暇さえあればつい彼女のホームページを覗いてしまう。

それどころか小河穂乃実のものらしいブログの、最新記事のチェックも怠っていなかった。

彼女の偏執的な文章にはじめは戦慄を覚えたものだが、繰り言のように同じことを書き綴っているだけで、正直なところ厭きてきた。そんな駄文でアクセス数が稼げるはずもなく、世間への影響力も皆無だろう。

しかし念のため、監視だけは続けていた。耀太にはもはやこうやって、遠くから見守ることしかできない。会えなくとも麻衣子と愛しい子供たちが、幸せであることを祈っている。

陸人と萌香の写真をどんどん遡っていきながら、耀太は二杯目のビールを口に含む。生まれたての萌香の写真に行き当たり、こんなに小さかったかと、酔いの回りはじめた目元をとろんとさせた。

二八六五グラム。出生時の体重も、空で言える。誕生の瞬間を動画で撮ろうとして、殺気立っていた麻衣子に火を噴くくらい怒られた。

生まれたての妹の顔を覗き込む、陸人の不安げな表情も押さえてある。あのころの陸人は妹の誕生を、あまり喜んでいなかった。下の子ができたら自分は、いらない子になるんじゃないかと危惧していたのだ。

やんちゃに見えても、繊細な子だ。君のことが大事だと、言葉でも態度でもちゃんと伝えてやらねばならない。それだけに、今どうしているかが心配だった。

陸人と萌香の笑顔に、つかの間心が和む。だが次の瞬間にはさらに、孤独の穴が深まってゆく。それでも手を止めることができず、幼くなってゆく陸人の写真を追ってゆく。

とそこへ、着信が入った。可愛い息子の顔が見えなくなって、耀太は思わず舌打ちをする。どこのどいつだと苛立ちながら、画面を確認する。峰岸孝治。専門学校時代の、友人の名が表示されていた。

五

「どう、そっち。捗ってる？」

真後ろにあるユニットバスから、峰岸が声をかけてくる。

ワンルームの狭いシンクをスポンジでこすっていた耀太は、使い捨てマスクの下で「ああ」と声を張り上げた。

「すごいな、これ。面白いくらい水垢が落ちる」

白いうろこ状の水垢は、家庭内の汚れの中でも落としにくい部類に入る。それが力を入れずとも、軽くこすっただけでするすると落ちてゆく。スプレーボトルに入れて五倍に希釈した洗剤の、名前は後でメモしておこうと心に誓う。

「業務用だからな。使い終えたならこっちにおくれ」

「はいよ」

防護用眼鏡が妙に似合っている峰岸に、洗剤を手渡す。東京で会ったときに話していたとおり、彼は去年の秋に家事代行サービスを開業していた。

同業他社の多くは依頼主の家にある道具や洗剤を使って掃除を行うらしいが、峰岸のところでは差別化を図るため、プロ仕様のものを使用している。さすがは掃除に目覚めた男である。

「ホント、悪いな。土曜なのに手伝ってもらっちゃってさ」

「いいよべつに。どうせ暇だ」

耀太が離婚して、地元に戻っている。その噂をなぜか峰岸も知っていて、仕事の手伝いを頼まれた。集客が難しいのはもちろん、求人にも苦労しているようである。

今日の依頼はワンルームマンションの、水回りとリビングの掃除だった。社会人二年目の男の部屋で、依頼主は遠方に住む母親だという。

峰岸によれば、一人暮らしの息子のために、家事代行サービスを頼む母親は珍しくないそうだ。過保護すぎないかと思いつつ指定された住所に向かってみると、そこは完全なる汚部屋だった。

シンクには洗い物とゴミが堆積し、ユニットバスは住み始めてから一度も掃除をしていないんじゃないかと疑うほどの惨状だ。特にトイレは直視するのも憚られるほどで、六畳のリビングはなぜか空のペットボトルで足の踏み場もないほど埋まっていた。

なぜこうなる前に、掃除をしようと思わないのか。部屋の主は耀太たちが来ると、「後はよろしく」と鍵を預けて出かけてしまった。

「しかしこの汚れを、人任せにできる神経がすごいな」

「そう言うなって。お陰で俺が食えてるわけだから。ここのお母さんにはぜひ、定期コースのご利用をお勧めしたいなぁ」

峰岸がシャワーの水を出したので、そこから先は声が聞こえなくなった。

家事代行は掃除だけなら、一時間二千八百円。月に一度か二度の、定期コースというのもある。この部屋の主にはたしかに、必要なサービスだろう。

自分の子供たちが、将来こうなったら嫌だなぁ。

耀太は洗剤を流しながら、陸人と萌香の未来を憂う。大人になってから困らないよう、もう少し大きくなったら最低限の家事は叩き込もうと思っていたのに、できず仕舞いになってしまった。

仕事で忙しい麻衣子には、どこまで子供たちのケアができるだろうか。案外母親がやらなければ、自発的に家事をするようになるかもしれないが。それもまた、人によりけりなのである。

洗剤を流して布巾で水気を綺麗に拭き取ると、さっきまで暗黒生物でも生み出しそうだったシンクが、見違えるほどピカピカになった。これはなかなか、気分がいい。心に溜まった澱が少しは溶けて、掃除で鬱から立ち直ったという峰岸の気持ちも分かる気がする。

「こっち、終わったけど」

バスルームの中を覗き込むと、峰岸は狭い浴槽に屈み、黒カビと格闘していた。触るのはおろか見るのも嫌だった便器は、すでに綺麗になっている。仕事とはいえ、よくやるものだ。

「おお、じゃあリビングのペットボトル片づけてもらっていい？」

「了解」

耀太は手にはめていたゴム手袋を、軍手に取り替える。なにも考えずに没頭できる単純作業は、決して嫌いではない。

ペットボトルのキャップとラベルを分け、軽くすすいでから捨ててゆく。それを六畳間一杯分こなしてゆくと、手首が腱鞘炎（けんしょうえん）を起こしそうになった。

キャップをひねる動作が負担になるのだ。ボトルは潰して入れても、ゴミ袋十二袋分になった。

「まぁ、生ゴミがなかっただけマシだな」

こんなもんで悪いけどと笑いながら、峰岸が微糖の缶コーヒーを差し出してくる。エアコンもつけずに作業をしていたから、ホット缶のぬくもりがありがたい。ギュッと握って、指先を温める。

耀太は峰岸のミニバンの助手席に座っていた。掃除道具を荷台に収め、ほっとひと息の瞬間である。

「はぁ、疲れた。次の依頼が入ってなけりゃ、昼飲みでも誘うんだけどな」

峰岸が運転席の背もたれに身を沈め、ため息をつく。すでに二時過ぎ。依頼された部屋の汚さに食欲など吹き飛んでいたが、そういえば腹が空いてきた。

「次の現場は手伝わなくていいのか」

「ああ。ここまでひどいのはそうそうないから、一人で充分だ」

「そうか。大変だな」

社長といっても、椅子にふんぞり返っていられる立場ではない。峰岸は人一倍、現場をこなしているのだろう。東京で会ったときよりも、体がさらに引き締まっている。

「好きではじめたことなんでね。毎日充実しておりますよ」

缶コーヒーのプルタブを持ち上げて、峰岸は肩をすくめてみせる。これは元来陽気な男だ。だからこそ、無理をしても周りに気づかれにくい。

しばらくはお互い、無言でコーヒーを啜った。そういえば学生時代の峰岸は、オリジナルジャケットが当たるという応募シール目当てにこの銘柄ばかり飲んでいた。そんなことを、懐かしく思い出す。

「なんか、ごめんな」

そろそろ沈黙を埋めたほうがいいかと思いはじめたころ、峰岸がぽつりと呟いた。

謝罪に心当たりがなくて、耀太は「なにが?」と問い返す。

「ほら前に会ったとき、離婚したらどうするんだとか、縁起でもないこと言ったなと思ってさ」

「ああ」

それが現実になったからといって、謝られる筋合いはない。耀太は静かに首を振る。

「峰岸が悪いんじゃない。俺の自業自得だよ」

「でもほら、言霊（ことだま）ってあるからさ。なんか引き寄せちゃったような気がするじゃない」

「峰岸のくせに、意外なことを気にするんだな」

「言葉に追い詰められて、体調を崩した人間ですからね」

前職は激務というだけでなく、人間関係の面でもトラブルがあったのだろう。峰岸はハッと自嘲して、それから目線を下に落とした。

「振り返ってみれば俺もさ、お前のこと追い詰めたよなと思って。だから、ごめんな」

「ちょっと待って。峰岸は俺の離婚理由、どこまで知ってるの？」

ふと気になって尋ねてみた。噂というのは伝播の過程で、尾ひれはひれがつくものだ。かつての友人たちは、どれほど面白おかしく耀太の噂話で盛り上がっているのだろう。

問われた峰岸は、遠慮がちに目を逸（そ）らしたまま答えた。

「噂では、耀太が家庭内ストーカーしたってことになってる」

「べつに、外れてもいないか」

拍子抜けして、耀太は苦く笑った。逆に言えば、脚色をしなくても充分面白い話題だったということだ。

「本当だったんだ？」

「うん、まぁね。峰岸がなにを言ってても言わなくても、結果は同じだったと思うよ」

麻衣子のキーホルダーにＩＣレコーダーを仕込んだのは、峰岸に会う前のことだった。彼の言葉に追い詰められて、行動を起こしたわけじゃない。

あのころの自分は、麻衣子に捨てられたらもう終わりと思い込んでいた。その危機感が異常な執着を生み、さらに視野を狭めてしまった。彼女の逃げられない弱みを握ったと思った瞬間は、眩暈がするほど興奮した。

本当に、馬鹿だった。時間が巻き戻せるなら、やり直したい。

でも、いったいどこまで？　ＩＣレコーダーを仕込む前か、それとも萌香が生まれる前？いや結婚を決めて、麻衣子と子供はどうするかと相談していたときかもしれない。「だったら俺が、仕事を辞めればいいんじゃない？」と提案する、その前だ。

あのときは、考えの柔軟な人だと麻衣子に喜んでもらいたかった。合わない仕事から逃げたかっただけなのに、大義名分を得た気になった。そんな選択ができる自分自身を、進んでいると思って悦に入ってすらいた。

家事なら得意だからと、深く考えもせずできるつもりでいた。でもけっきょく、音を上げたのだ。家庭という緩やかな檻の中で日一日と、自分の価値が目減りしてゆくような気がした。

「それに峰岸が言ったとおり、どちらかが完全に家庭に入るのは、本当にリスクが高いよ。仕事がないと、逃げ場もない」

おそらく峰岸は収入面の話で二馬力がいいと言ったのだろうが、耀太はわざと違う解釈を披露した。愛しい子供たちとべったり過ごした日々は幸せで濃密で、そのぶん風通しが悪かった。

峰岸が、横眼でこちらの様子を窺う。笑い返してやると、少し安心したようだ。

「じゃあ今、仕事は?」

今さら取り繕(つくろ)ってもしょうがない。耀太は「いいや」と首を振る。

「それならもう一度、誘っていいか。俺と一緒に、働かない?」

御覧の通り、決して綺麗な仕事じゃないけどさ。そう言って、峰岸は照れたように笑った。

六

封筒を開けてみると、中には五千円札が一枚入っていた。

別れ際に峰岸から、今日のバイト代として渡された金だ。「少なくて悪い」と謝られたが、とんでもない。さっきの現場の売り上げからこの五千円と経費を引けば、峰岸の取り分などほぼないに等しいのではないか。

「あいつめ」

いい格好しやがってと、苦笑が洩れる。峰岸の心遣いが嬉しく、また申し訳なくもあった。八方塞（ふさ）がりの耀太に、一緒に働こうと声をかけてくれるのは彼だけかもしれない。昨日の今日だが、例の警備会社からは不採用のメールが来ていた。予想していたことではあったが、不採用の通知は慣れることなく、受け取る度に身に堪える。

そうやって世間から「いらない」と突き放された耀太に、峰岸は再度手を差し伸べてくれたのだ。こんなありがたいことはない。だが喜び勇んでその手に縋（すが）りついていいものか、すぐには判断できなかった。

だから「少し考えさせてくれ」と、保留にした。選り好みできる立場じゃないだろうと自分でも思ったが、峰岸は気を悪くした様子もなく、「待ってるよ」と言って笑った。

久しぶりに働いて得た五千円を、封筒のまま財布に入れる。昼飯時を逃してしまい、ひどく腹が減っていた。だがこの金は使わないことにして、耀太は目についた牛丼チェーン店に入った。

数あるメニューの中から一番オーソドックスな牛丼を選び、食べながらスマホを操作する。

真っ先に開いたのは、岩瀬（いわせ）社労士事務所のホームページだ。これはもはや日課になっており、勝手に指が動いてしまう。

新着トピックスは、特に更新されていない。トップページの目立つところに、先月発売された本の書影が貼られている。スーツ姿の麻衣子の写真が、帯にでかでかと使われていた。

メイクと撮影をプロがやっているからか、よく知った顔のはずなのに、なんだか知らない女みたいだ。彼女はもはや、耀太と暮らしていたころの麻衣子ではないのかもしれない。本の内容も気になるが、読むとより遠い存在になってしまいそうで、書店で手に取ることもできずにいる。

本日開催の大型書店でのトークイベントは、午後四時三十分から。もうあと、二時間もない。

麻衣子は今ごろ、緊張しているだろうか。人前で話すことには慣れているから、ケロッとしているかもしれない。そのへんの肝っ玉の太さは、耀太には真似できない。

ついでに書店の、イベントページに飛んでみた。イベントに参加するには、開始一時間前までの予約が必要らしい。受付締め切りとはなっていないから、まだ席は余っているのだろう。

どうか盛況であれと、宇都宮の空の下から祈る。余計なお世話とは思うが、麻衣子の頑張りはすべて報われてほしかった。

耀太はさらに、穂乃実のものらしきブログをチェックする。この一連の流れも、すでに癖になっている。

ブログはついさっき、十三時二十六分に更新されていた。最新記事が表示されたとたん、脇腹にざわりと寒気が走った。

アップされているのは、麻衣子の本の写真だった。本文は『今日』と、ひと言だけ。その異様さに、血の気が引く。

改行も句読点も無視して麻衣子への恨み辛みを書き連ねている他の記事とは、まったく趣が違っていた。まるで書き手が変わったかのような簡潔さだ。なんらかの、覚悟が固まったとも読み取れる。

『今日』というのは、麻衣子のトークイベントのことか。穂乃実はいったい、なにをするつもりなのだろう。

壇上でマイクを握る麻衣子に、若い女が襲い掛かる。そんな光景が脳裏に浮かび、耀太は箸を置いて口元を押さえた。不穏な予感に胸が突き上げられて、吐き気がした。

もしも麻衣子の身に、なにかあったら――。

思い出されるのは耀太を追い出したときの鬼の形相ではなく、白いスーツを着て微笑む麻衣子の顔だった。日差し溢れる初夏の公園で、「以前よりは少し、働きやすくなりました?」と尋ねてきた。あの出会いから、まだ十年も経っていない。あまりの懐かしさに、胸がうずいた。

次々と、麻衣子の笑顔ばかりが浮かんでは消えてゆく。これではまるで、死にゆく者に捧げる走馬灯みたいじゃないか。縁起でもないと、立ち上がる。

トークイベントまではあと、一時間半。大型書店の最寄りは東京駅だから、新幹線に飛び乗ればまだ間に合うかもしれない。

耀太は「ごちそうさま」とだけ言い残し、もつれる足で大通りへと駆け出した。


峰岸が奮発してくれた五千円で、新幹線のチケットを買った。

十六時二十四分、東京着。広い東京駅の構内を猛ダッシュして、残り六分で書店にたどり着けるかどうか。それ以前に、麻衣子の入り時間に合わせて待ち伏せをされては、元も子もない。

震える手で穂乃実のブログと、最新のネットニュースをチェックする。何度見てもブログが更新されることはなく、東京駅近辺で女性が襲われたというニュースも入ってこない。座席にじっと座っているのが辛く、耀太はデッキ部分に立ってひたすら貧乏揺すりをしていた。

宇都宮―東京間なんて、普段はスマホでも弄っていればあっという間に着いてしまうのに。まだ大宮だ、やっと上野だと、停車駅に着くたび気が急く。「次は東京」というアナウンスを聞くなりドアの前に陣取って、苛々と足を踏み鳴らす。ようやく東京駅に着くと、耀太は弾かれたように飛び出した。

けれども久し振りの東京は、人が多くてまっすぐには進めない。隙間を縫い、ときに誤って人に肩をぶつけ、舌打ちされながら先を急ぐ。

イベントの参加申し込みは、受付締め切り時間ギリギリに送っておいた。予約番号が記載されたメールが送り返されてきたから、受理されているはずだった。

東京駅を後にして、大型書店に向けてラストスパートを切る。腹の肉が邪魔で足が上がらず、あっという間に息が切れた。

それでも立ち止まるわけにいかないと意地を見せたのに、書店のすぐ目の前で赤信号に摑まった。交通量が多く、無理に渡ることもできない。

この時点で、午後四時三十分。トークイベントのスタート時間だ。

どうかマイクの不調などで、準備が押していますように。イベント会場は最上階の八階だ。外から見上げたところで、異変を察知できるはずもない。

「あの、八階にはどう行けば！」

信号が変わるなり書店に駆け込み、すぐさまスタッフを摑まえた。アルバイトらしき女性はその勢いに恐れをなしたか一歩下がり、だが気を取り直してこう尋ねてきた。

「トークイベントへのご参加でよろしいでしょうか」

「はい、そうです」

「対象書籍のご購入はお済みですか」

「いいえ、それはまだ」

「でしたら一階レジでご購入いただきまして、それから通路奥のエレベーターをお使いください」

どうやら麻衣子の本が、チケット代わりとなるようだ。

無視して突っ切って行こうかとも思ったが、会場に入る前に耀太のほうが取り押さえられては困る。息を切らしてレジに並ぼうとすると、「始まったばかりですから、急がなくても大丈夫ですよ」とスタッフに気遣われた。

それが、大丈夫じゃないかもしれないんだ。もしも間に合わなかったら、俺はきっと自分を許せない。

穂乃実が麻衣子を逆恨みしていることは、ずっと前から分かっていたのに。実力行使に出る可能性なんて、ついさっきまで考えてもみなかった。

ただの思い過ごしなら、それでいい。だがなにかあってからでは遅いのだ。

「九四六円のお会計になります。袋にお入れしますか？」

「いりません」

鞄もなにも持っていないのに袋を断って、麻衣子の顔写真が目立つ本を手に八階へ向かう。旧式のエレベーターは動作が遅く、しかも一階ごとに人が乗り降りする。逸る気持ちを抑えながら、目的の階に到着するなり早足になった。

八階では美術書や写真集といった、大型本を取り扱っているらしい。一番奥のドアが、イベントスペースの入り口か。その手前に、男性スタッフがかしこまって立っている。

「トークショーのお客様ですね。ご予約の確認メールをご提示ください」

麻衣子の本を手にした耀太に気づき、あちらから微笑みかけてくる。言われたとおりにスマホの画面を見せると、「どうぞ」とドアが開けられた。

アイドルのイベントのような、持ち物検査などはない。鞄を持たない耀太でも、コートのポケットにナイフくらいは忍ばせられるというのに。この緩さでは、いくらでも凶器を持ち込めてしまう。

だが幸いなことに、麻衣子はなにごともなく壇上の椅子に座ってマイクを握っていた。

イベントホームページによるとパイプ椅子が並べられた会場の、定員は六十名。見たところ空席は三つ四つあるだけで、おおむね盛況と言えそうだ。耀太は目立たぬよう、出入り口近くの空席にそっと座る。

「このトークショーにお越しということは、皆さん少なからずモンスター社員に悩まされているか、そういう部下に当たってしまったらどうしようと心配なさっているかと思うのですが。彼らへの対処を間違うと、思わぬトラブルに巻き込まれることもありますから、充分にご注意ください」

聴衆の小さな笑い声を挟みつつ、麻衣子は淀みなく喋っている。頬がほんのりと赤いのは、人前に出て高揚しているためだろう。

その眼差しが、遅れて入ってきた耀太に向けられる。席に座る直前に、目が合った。他の客は気づかなかったかもしれないが、麻衣子の眉がわずかにひそめられたのを、耀太は決して見逃さなかった。

　しまった、さっそくバレた。

　それもそうだ。急なことで、キャップのような顔を隠せるものを持っていない。五年前から着続けているダウンコートだって、見覚えがあるはずだ。ひと目で気づかれないほうがおかしかった。

「ではまずは、最初の例をご紹介します」

　動揺を隠して喋り続けてはいるものの、麻衣子の心中は穏やかではないだろう。円満に別れたとは言いがたい元夫が、しれっと聴衆に交じっている。目的はなにかと勘繰り、恐怖を覚えているはずだ。

　驚かせて、すまないと思う。これで穂乃実が姿を見せなければ、耀太はただのストーカーだ。下手をすれば、接近禁止命令を出されてしまうかもしれない。

　それでもいい。たとえリスクを背負ってでも、麻衣子の無事を見届けねば。

　しかし耀太は、穂乃実の顔を知らなかった。そんな重大なことに、今さら気づいた。

　ざっと見回してみたところ、サングラスやマスクなどで顔を隠した客は見当たらない。素顔をさらしていれば、さすがに麻衣子が気づくだろう。ということは、穂乃実はここにいないのだ。

よかった。耀太の取り越し苦労に終わるなら、それが一番いい。もしかすると穂乃実のブログの投稿は、「今日この本を買った」という意味だったのかもしれない。

そんなふうに、少しばかり気を緩めたときだった。背後のドアが開かれて、新しい客が入ってきた。

すぐに後ろを振り返っていれば、相手が若い女と知れて警戒もできたはず。だが耀太は、一瞬遅れた。異変に気づいたのは、壇上にいる麻衣子が驚愕に目を見開いたからだった。

遅れてきたにもかかわらず、女は客席のど真ん中に設けられた通路を選んで歩いてゆく。麻衣子がハッと息をのむ音を、マイクが拾った。

しまった、あれだ！

コートのポケットに突っ込まれている女の右手が、なにかを握った気配がした。けたたましく音を立て、耀太はパイプ椅子から立ち上がる。

その音が合図だったかのように、女は麻衣子に向かってまっすぐに駆けだした。

第五章

一

壇上に設置された椅子に座り、会場内をゆっくりと見回す。

空席はほんのわずか。元々定員五十名で募集していたところ、申し込みが好調だったので六十名に増やしたと、書店スタッフから聞かされた。ならば充分に、盛況と言えるだろう。

満足感を微笑(ほほえ)みに変え、麻衣子(まいこ)は居並ぶ面々に挨拶をする。それから簡単な自己紹介。聴衆の中にはこれまでのセミナーで見た顔や、クライアント企業の社長の姿も目に入る。最前列中央にはイッポ先輩が座っており、目が合うなり軽いウインクを寄越してきた。

トークイベントに申し込んだとメールで知らせてはきたけれど、まさか本当に来るなんて。

若干のやりづらさを覚えつつも、麻衣子は声のトーンを変えずに話を進めてゆく。

「このトークショーにお越しということは、皆さん少なからずモンスター社員に悩まされているか、そういう部下に当たってしまったらどうしようと心配なさっているかと思うのですが」

と、ここでいったん笑い待ち。反応のいい数人の客から「ははは」と笑い声が上がったのを機に、再び喋りだす。その間に遅れて入ってきた客が、息を切らして最後尾の空席に座った。よほど急いで来たのだろう。黒のダウンコートを着た肩が、大きく上下に揺れている。量販店で売っていそうな、なんの変哲もないそのコートに、麻衣子は妙な既視感を覚えた。

十年後の毛量が心配な、ぺったりとした短髪。広い額と、主張の乏しい八の字眉。その男が顔を上げる様子が、スロー映像のように目に映る。

なぜ、こんなところに。

心臓がどくりと跳ね上がった。この人は今、宇都宮にいるのではなかったか。

そもそもトークイベントがあるなんて、彼に教えた覚えはない。離婚が成立してからずっと、連絡を取っていないのだ。ショートメールが届くのすら煩わしくて、あらゆる着信を拒否している。

だからか。麻衣子と連絡がつかないから、耀太はわざわざ会いにきたのか。

一度乱れた動悸は、なかなか鎮まりそうにない。それでも顔面の筋肉を引き締めて、動揺をなるべく表に出さぬよう努める。その代わり、手のひらはべたりと汗に濡れていた。

「ではまずは、最初の例をご紹介します」

本当ならもう少し枕となる雑談で会場を温めたかったのに、早くも本の内容紹介に移ってしまった。もはや平静を保つのに精一杯。これまでの準備が台無しだ。

なんで会いに来るのよ！

はじめの衝撃が収まると、苛立ちが胸に湧き上がってきた。

そもそもなぜ、耀太はこのイベントを知っていたのか。

答えは簡単。麻衣子の事務所のホームページのトップに、情報を載せてある。それを見れば分かることだ。つまり耀太は別れてからも、未練がましく麻衣子の動向を探っていたのである。

そういうところ、ちっとも変わってないじゃない。

離婚の原因は、ＩＣレコーダーによる盗聴だった。今にして思えば、出会ったばかりのころも麻衣子に会いたくてしょっちゅうセミナーに申し込んでいた。耀太は元々、粘着質なタイプなのだ。

そんな人だと分かっていたのに、すべての連絡手段を絶ってしまったのが裏目に出た。子供たちとの面会は延び延びになっているし、耀太にだって相談したいことはあるだろう。職場やマンションの前で待ち伏せをされるよりは、いくらかマシではあるけれど。

まさか、暴れだしたりしないよね。

耀太の性格上、それはないと思うのだが。人は追い詰められると、なにをしでかすか分からない。

一方的に離婚を告げられ、可愛がっていた子供たちとも会えず、地元での就職ははたしてうまくいったのかどうか。クリスマスやお正月といった家族の温もりを想起させるイベントも、彼には苦痛だったのだろう。

「このケースはいわば、自己愛こじらせ型のモンスターですね。常に一番でいたい、注目されたいというタイプが、自分の思いどおりにいかないとモンスター化することがあります」

澱(よど)みなく喋りながら、頭の片隅で考える。やっかいな人たちだなと思いつつモンスターのレッテルを貼った彼らにも、こじれた背景があったのだろう。生育歴や家庭環境、それから現在の社会的評価。人を歪める材料なら、世の中にはいくらでも転がっている。

耀太がこの場で暴れだすとしたら、それは自分のせいだろうか。きっと三割くらいはそうなのだと思う。謝罪が必要なら謝るから、どうか大人しく座っていてほしい。

そんなふうに、耀太の存在にばかり気を取られていた。反応が遅れたのは、そのせいだ。会場後部のドアが開き、女性客が入ってくるところは視界の端に捉(とら)えていたのに。その女が空席を探す様子もなく、客席中央に設けられた通路をまっすぐに突き進んできたところでやっと気がついた。

ベージュのコートを翻(ひるがえ)し、瞬きもせず迫ってくる女。髪は櫛(くし)を入れていないみたいにボサボサで、眼鏡がずり落ちているのを直そうともしない。切羽(せっぱ)詰まった表情に恐怖を覚え、思わずハッと息をのむ。

間違えようがない。半年ほど前に解雇した、小河穂乃実(おがわほのみ)だ。白目を異様に光らせて、口の中でなにやらブツブツと呟いている。

正気じゃない、と頭の中で警告音が鳴りはじめる。けれどもまだ、動けない。麻衣子の手足に伝達が届く前に、穂乃実がポケットに突っ込んでいた右手を振り上げた。

鈍いきらめきに目を奪われる。握(にぎ)られていたのは大型のカッターナイフだ。

黄色い柄と、限界まで繰り出された凶暴なナイフの刃。周囲の客が異変に気づき、「ヒッ！」と叫ぶ。イッポ先輩も、パイプ椅子をうるさく鳴らしながら飛びすさった。

穂乃実と麻衣子の間には、なんの障害もない。あの右手が振り下ろされたら終わりだ。首を切りつけられでもしたら、もしかすると死ぬかもしれない。

思考は高速で回っているのに、体はまだ動かない。逃げなきゃ。だけどもう、間合いは詰まっている。

麻衣子の目は、カッターナイフに釘づけになっていた。刃先にほんの少し錆(さび)が浮いている。あれは新品よりも痛そうだ。

けれどもその刃は、麻衣子めがけてまっすぐに下りてはこなかった。その前に、穂乃実は左手の人差し指を突きつけてきた。

「皆さん、騙(だま)されないでください。この女は詐欺師です。私はこいつに、人生をめちゃくちゃにされました！」

理不尽な口上を声高に述べ、その直後に「ギャッ！」と叫ぶ。背後から、何者かにタックルされたのだ。

この段になって、麻衣子はようやく椅子を蹴倒して立ち上がった。穂乃実は登壇者用のテーブルに頭を打ちつけてから、床に引きずり下ろされている。

しかし両手はまだ自由だ。頭を痛がる素振りも見せず、意味不明な叫び声を上げながらカッターを握った手を振り回している。

穂乃実の腰に齧りついているのは、黒いダウンコートを着た男だ。暴れる相手の肩を上から押さえ込もうとして、手を伸ばす。

その瞬間、穂乃実が苦し紛れに上体をひねった。

「耀ちゃん、危ない！」

注意だか悲鳴だか、判然としない声が喉を突く。

穂乃実が右腕を振るったとたん、白い羽毛が吹雪のように舞い散った。


握り合わせた両の手が、まだ震えている。

窓口業務の受付時間をとっくに過ぎているため、警察署の一階ロビーに善良な市民の姿はない。暖房の設定温度を下げているのか、コートを羽織っていないと寒かった。

事情聴取が長引いて、外はとっぷりと暮れている。スマホで確認してみると、すでに九時近い。子供たちの風呂や寝かしつけを、よし子一人に任せる羽目になってしまった。

余計な心配をかけたくないから、トラブルがあってまだ帰れないとだけ伝えてある。まさか娘がトークショーの最中に襲われるとは、思ってもみないだろう。無責任だと腹を立てているかもしれないが、老母に気を揉ませるよりはましだった。

一歩間違えれば、今ごろ病院のベッドの上だったかもしれない。そう思うとぞっとする。危機に瀕して体が固まってしまう恐怖を、はじめて知った。

聴取にあたった警官によると、穂乃実は社労士試験に落ちたそうだ。その原因を不当解雇のストレスによるものとして、麻衣子に一方的な恨みを募らせていたという。

そんな彼女に追い打ちをかけたのは、この度刊行された書籍だった。モンスター部下の一例が、自分をモデルにしたものだと気づいてしまった。

あの女はどこまで人を虚仮にする気か。そう思うと腹が立って、訳が分からなくなってしまったと、穂乃実は供述したらしい。

それを受けて警官からは、不当解雇の有無をしつこく聞かれた。幸い穂乃実によるサボりや誹謗中傷の投稿はすべてコピーを取っており、まだ消してはいなかった。ただの逆恨みであることは、おそらく納得してもらえたはずだ。

「疲れた」

小さく呟き、目頭を揉む。スマホは手にしているけれど、なにも見る気になれない。ロビーに設置されたベンチに、放心したように身を預けるばかりだった。

当然トークショーは中止になり、多くの人に迷惑をかけてしまった。書店スタッフは対応に追われただろうし、その場に居合わせただけの客も事情を聞かれたことだろう。このご時世だ。セキュリティチェックにはもう少し力を入れるべきだったのに、こちらの認識が甘かった。

だってまさか、穂乃実があんなに思い詰めていたなんて。解雇予告手当を受け取って、矛先を収めたものとばかり思っていた。

いや、きっといったんは収めたのだ。けれども社労士試験に失敗したことで、麻衣子への恨みが再燃した。彼女が恨みつらみをぶつけていたというブログも、社労士試験の結果が出てから開設されたものらしい。

重苦しいため息が洩れる。穂乃実の解雇に関しては、性急なところがなかったとは言えない。本来なら懲戒処分を課すなどして、段階を踏むのが望ましかった。

そうしたところで穂乃実が納得してくれたとは考えづらいが、麻衣子にまったく非がなかったとも言えない。もう少しだけ、彼女の心情に寄り添うことはできなかったか。あのときは忙しくて余裕がなかったというのは、言い訳にすぎない。

——でも標的になったのが、私でよかった。

穂乃実がもっと狡猾(こうかつ)であったなら、狙われたのは子供たちだったかもしれない。そうならなかったことだけは、本当によかった。

人気のないロビーに、スニーカーのソールがこすれる音が響く。近づいてくる足音に、麻衣子は重たい頭を上げた。

目と目が合って、相手がその場に立ちつくす。こんなふうに、真正面から顔を見交わすのはいつ以来だろう。離婚調停のときだって、麻衣子は耀太の目を見なかった。

髭の剃り残しがあるせいか、以前よりうらぶれて見える。いいや、少しやつれたのか。目の周りが落ち窪み、影ができている。

カッターの刃がかすったらしく、頬の絆創膏が痛々しい。ダウンコートを丸めて小脇に抱え、色の褪めた紺のトレーナーにチノパン姿。どれも何年も着ている、見覚えのある服だ。

一方の麻衣子は今日のために新調した、それなりのブランドのパンツスーツ。自分自身のために使えるお金も、夫婦間で平等ではなかったのだと思い知る。耀太は元々服装に頓着しないタイプではあるけれど、釈然としないものはあったのかもしれない。

いったん立ち止まった耀太が、こちらに向かって歩いてくる。麻衣子もまた、バッグを肩にかけて立ち上がった。

「事情聴取、終わったの？」

首の後ろを掻きながら、なぜか照れたように尋ねてくる。麻衣子もまた久し振りで、どういう顔をしていいのか分からなかった。

「また呼び出しがかかるだろうけど、ひとまずは。そっちも？」

「うん、もう帰っていいって。あ、もしかして待っててくれた？」

　さてこの問いには、どう答えたものだろう。戸惑っていると、耀太は気まずそうに視線を逸らした。

「なんて、そんなはずないか」

　気まずいのは麻衣子も同じだ。助けてくれてありがとうと、ひとこと感謝を伝えたいだけなのに。今日まで一方的に拒絶しておいて、手のひらを返したような態度は取りづらかった。

「コート」

　耀太の脇に抱えられている黒い塊に目を落とし、苦し紛れに呟く。

「新しいの買わなきゃ、外歩けないでしょ」

「ああ、そっか」

　頷いて、耀太は丸めていたダウンコートを開く。穂乃実を取り押さえようとした際に切りつけられて、右腕部分がぱっくりと裂けている。

「さすがに着られないか、これは」

　下手に動かすと、中に残っている羽毛が飛び出してくる。耀太は「おおっと」と呟いて、再びコートを丸めた。

　冬だったから、耀太がたまたま厚手のダウンを着ていたから、室内に入っても脱がずにいたから、頬のかすり傷程度で済んだ。状況が一つでも違っていたら、彼は大怪我を負っていたに違いない。

「よかった」と呟いたとたん、じわりと涙腺が緩むのを感じた。

麻衣子は鼻をすすり上げ、出入り口に向かって身を翻す。

「弁償するわ。行きましょ」

せめてもの強がりで、パンプスの音も高らかに歩きだす。

耀太はなにも言わず、その後についてきた。


コートを弁償すると言っても、デパートや服屋はすでに閉まっている。

仕方がないのでタクシーを走らせて激安の殿堂を謳うディスカウントストアに寄り、似たようなダウンを購入した。耀太はしきりに恐縮して二千円程度のナイロンジャケットで充分だと言い張ったけど、さすがにそこは押し切った。

といってもセール価格で、税込みでも六千円ちょっと。この程度の「弁償」でお礼を言われても、居心地が悪い。耀太はきっとこのコートを、また何年も着るのだろう。

タクシーの中で耀太の口から、トークイベントに駆け込んだ経緯を聞かされた。促されて穂乃実のブログとやらをスマホで開き、その常軌を逸した熱量に身震いした。一人の人間にこれほどの悪意を抱かれていたのかと思うと、やはりいい気はしなかった。

「ごめん。こんなことになる前に、警告しておけばよかったんだけど」

それは耀太の謝ることじゃない。連絡を拒絶していたのは麻衣子のほうで、繋がるのは事務所の電話くらいのものだった。仮に警告されたとしても、耀太の言葉を受け入れられたかどうか。トークイベントの会場に現れた彼を見て、なにをしに来たのかと疑ってしまったくらいなのだから。

「私のほうこそ、ごめん」と、やっと謝れた。本当は一度では済まないくらい、謝るべきことがあるはずだった。

でも話題はすぐ、子供たちの近況に移って有耶無耶(うやむや)になってしまった。最近の写真が見たいと請われても、忙しさにかまけてほとんど撮っていなかった。

「なんか私、母親失格だよね」

子供たちの写真でフォルダがいっぱいだった耀太のスマホを思い浮かべ、呟いていた。

耀太がいたときはもちろん、離婚が成立してからも子供たちの世話の大部分はよし子任せで、母親らしいことをしてやれていない。それどころか己の都合を優先し、我慢ばかりさせている。

けっきょくのところ自分なんかは、母親になるべき人間じゃなかったのかもしれない。そう思えてくる。

「そんなこと言ったら俺だって、父親失格だよ」

「まさか。耀ちゃんは違うよ」

耀太の慰めに、麻衣子は首を横に振る。

陸人も萌香も、ママよりパパが大好きだ。子供の癇癪にすぐ苛立つ麻衣子とは違い、耀太はいつだって根気強く接していた。ストレスがなかったわけじゃないだろうけど、周りに撒き散らすこともなく、よくやってくれていた。

「でもさ、従来の父親像とは違うから。陸人の友達にも言われたことがあるよ。外で働いていないパパへの風当たりは、いまだに強い」

「陸人の友達が、なんて?」と、尋ね返す。

耀太は少し迷ってから話しはじめる。公園で子供たちが仲間はずれを見つける遊びを始め、陸人は名指しで「一人だけ、パパが働いてない!」と言われたそうだ。

初耳だった。麻衣子の耳に入れていないだけで、似たようなことはきっと、いくらでもあったのだろう。

どこまでも優しい耀太を追い詰めたのは、麻衣子に違いない。だが世間の眼差しもまた、彼を傷つけてきたのだ。

麻衣子だって夜遅くまでバリバリ働いていると「子供が可哀想」だの「旦那さんに感謝しなきゃね」だの、外野からうるさく言われてきた。けれども男性が働いていないというプレッシャーは、それ以上のものだったろう。

そんなもの、よそはよそ、うちはうちと、割り切ってしまえればよかったのだけど。

「けっきょく私たち、根っこのところでは古い価値観を引きずってるのよね」

「ああ、そうかもしれない」

男女の役割はグラデーション。夫婦の数だけ違う色彩があっていい。口ではそう言いながら、稼いでくる麻衣子は自分を上位に据えていたし、耀太はそのことに引け目を感じていた。だって自分たちはまだ、男は男らしく、女は女らしくと言われて育った世代だから。型にはめられたくないと反発しても、けっきょく嫌悪する型にはまろうとしてしまう、歪な夫婦に違いなかった。

赤羽駅の前でタクシーを降り、精算を済ませる。耀太はすまながったけど、帰りの在来線の運賃くらいしか持ち合わせがないようだった。

「仕事は、どうしてるの？」

長年専業主夫をさせておいて、唐突に放り出したことを今さら悔いる。耀太は「ああ」と目を泳がせてから、頷いた。

「専門学校時代の友達が起業してさ。誘われて、そこで働こうと思ってる」

「そう」

ならよかった。仕事内容までは、突っ込んで聞かないことにした。

時刻はすでに十時近く、改札からはどんどん人が吐き出されてくる。家路へと急ぐ、人の波だ。その数だけ帰る場所があるのだと思うと、不思議な感覚にとらわれた。

ここから耀太の実家へは、宇都宮線一本で着く。麻衣子が「じゃあ」と別れを告げれば、彼はすんなり帰ってゆくことだろう。だがお互いに次の出方を待って、なんとなくもじもじしてしまう。

「ねぇ、お腹空かない？」

「うん、かなり」

思いきって尋ねてみると、耀太は腹回りを撫(な)でた。

事情聴取の間は緊張して分からなかったが、ふと気づけば猛烈にお腹が空いている。夕飯を食べそびれている上に、昼もバタバタしており、おにぎり一個しか食べていなかった。

「じゃあ、なにか食べない。電車の時間はまだ平気でしょ」

「うん、大丈夫だけど」

耀太はわたわたと、パンツのポケットからスマホを引っ張り出した。終電の時刻でも調べるのかと思いきや、グルメサイトを開いている。

「でもごめん。俺、気の利(き)いた店とか全然知らなくて」

赤羽はせんべろの街。飲食店なら無数にある。だが大衆居酒屋が主で、「気が利いている」店を探すとなると難しい。

たとえばジャズを聴かせる、美味しいサンドイッチのお店みたいな――。

そう考えたところで、刃物を持った女に驚き逃げ惑う、イッポ先輩の姿が頭に浮かんだ。

可笑しくなって、ふふふと笑う。まったくあの人は、口ばかりだ。

気の利いた店なんかでなくっていい。今の空腹は、お洒落なサンドイッチごときじゃ埋められない。

「ラーメンと餃子がいい。ニンニクたっぷりのやつ」

それからビールも。いろいろあって、疲れている。やっぱりスタミナが一番だ。

「だったら、前から気になっていた店があるんだ」

耀太はそう言うとスマホを仕舞い、再会してからはじめてにっこりと笑ってみせた。

二

殺人未遂容疑で現行犯逮捕された穂乃実は、麻衣子に対する殺意はなかったと証言した。本など出して「いい気になっている」麻衣子に、ただ思い知らせてやりたかっただけ。自分は正しいことをしたのだと言い張って、反省の色は見られないようだった。

ともあれ初犯で、傷害の程度は耀太の頰がちょっと切れたくらい。秋田から上京してきた穂乃実の両親が小さくなって謝るのを見ていると遣りきれなくて、示談に応じる方向で話を進めている。

穂乃実自身は拘留が解かれてすぐ、父親に首根っこを押さえられて実家に連行されたそうだ。二度とご迷惑はおかけしませんと両親が誓ってくれたから、それでよしとすることにした。

　書店と版元の担当者にはお騒がせしましたと詫びを入れ、イベント参加者には当日話す予定だった内容を動画に撮って、メールで送ることでお茶を濁した。被害が少なかったお陰でニュースにもならず、追加の事情聴取が二度あっただけで、いつもの日常が戻ってきた。

　二月もすでに、半ばである。合皮の黒いソファを置いた前時代的な応接室で、麻衣子は一人の女と向かい合っていた。

　マタハラの訴えを上げていた、深山工業の袴田である。化粧っ気がないのは相変わらずだが、顔色はよく、目もぱっちりと開いている。以前は切羽詰まった表情をしていたが、今は微笑みを浮かべる余裕もあるようだ。

「そうですか、お一人になられましたか」

　相手の話を受けて、麻衣子は出されたお茶でいったん喉を潤す。お話ししたいことがあるのでと呼び出され、来てみれば袴田の離婚報告だった。

　いいや、苗字が変わって今は旧姓の藤本だったか。親権はこちらにあるから正確には、一人になったのは元夫のほうである。

「はい！」と袴田あらため藤本は、やけに明るく頷いた。

「別れて本当に、すっきりしました。今思えばストレスの原因は子供じゃなくて、なにもしない夫だったんですね。どうして私ばっかりっていうイライラがなくなっただけで、毎日快適です」

育休からの復帰後に遅刻や早退が増え、何度も業務形態の見直しが図られてきた彼女も、子供が保育園に慣れてゆくにつれて少しずつ改善が見られていた。それが今日は、憑き物が一気に落ちたかのように溌剌としている。

麻衣子はつい、微笑み返してしまった。

「それはよかった。と、言っていいのか分かりませんが。ともあれお疲れ様でした」

離婚にどれほどのエネルギーを要するか、身を以て経験したことだからよく分かる。今の藤本は大きな山を乗り越えて、ハイになっているのだろう。

「私なりに家事や育児のタスクを表にしたりして、頑張ったつもりだったんですけど。『俺のほうが稼いでるんだから大目に見ろ』と言われて、心が決まりました。私の収入が減った理由なんて、全然分かってないんだなって」

それはもちろん、子供の送り迎えに合わせて時短勤務を選択したからだ。その時点で母親にのみ仕事をセーブさせ、育児の負担を強いているのに、収入の多寡を持ち出すのはお門違いである。

とはいえ稼いでいるほうが偉いと思い込んでしまう心理が、麻衣子には理解できてしまう。耳の痛い話である。

「以前は周りの人になにを言われても責められているみたいに聞こえてしまって、我ながらちょっとおかしくなっていたんだと思います。そんな状態を間近に見ていたはずなのに、助けてもくれない人と、一緒にいても無駄ですもんね。会社に迷惑をかけたぶんは、これからきっちり働いてお返ししていきます。それから、岩瀬先生にも」

そこでいったん言葉を区切り、藤本は深々と頭を下げた。

「お忙しいとは思いましたが、どうしてもお礼を申し上げておきたくて。これまで何度も親身になって話を聞いてくださって、ありがとうございました」

そんなふうに、感謝を伝えられても困る。麻衣子はあくまでクライアントである会社側の不利益にならないよう動いただけだし、藤本に対するアドバイスが有効だったとも思えない。なにせ麻衣子自身が「モラハラ夫」の役割を果たしていたのだから、彼女の心情に寄り添えるはずがなかった。

「急に環境が変わったんだから、あんまり無理はしないでくださいね」

けっきょく今も、こんな毒にも薬にもならないようなことしか言えない。たった一人で仕事と子育てを担うには、無理せざるを得ないというのに。

だが藤本も、そんなことは承知の上で腹を括ったのだ。「はい!」という返事が、いっそ清々しい。

「どんなにしんどくても、この選択を後悔することはありません」

それに引き替え自分は、悔いることばかりだ。耀太の献身に甘えきって、家庭のことなどなにも見ていなかった。きっと藤本の別れた夫も、今ごろ後悔と未練に喘いでいるのだろう。

「あの、参考までに。先生は育児と仕事を、どのように両立しておられるんですか?」

まるで内緒話でもするかのように、藤本が口元に手を添えて尋ねてくる。

その質問に、麻衣子は苦笑いを返すことしかできなかった。

二月の第三日曜日。子供たちがてるてる坊主を作ったわりに、気持ちのいいお天気とはならなかった。

それでも天気予報を見るかぎり、深夜まで雨は降らないようだ。予報が変わりませんようにと祈りながら、バタバタと出かける準備を進めてゆく。

保育園の日は朝食も着替えも促されて渋々なのに、今朝は陸人も萌香も元気いっぱいだ。元気すぎて、けっきょく支度に時間がかかる。

「走り回ってないで、早く食べて。後で疲れるよ」

注意をしても、子供たちには今があるだけ。ペース配分などお構いなしだ。

どうにかこうにか支度を終えて、よし子に見送られてマンションを出る。待ち合わせの時刻はすでに過ぎているが、相手は子連れ外出の大変さを熟知しているはずだった。

麻衣子と手を繋ぐのを嫌がるようになった陸人に、「走らないで」とか「飛び出さないで」

などと声をかけつつ、赤羽駅にたどり着く。駅前広場のベンチに掛けてスマホをいじっていた耀太が、すぐに気づいて立ち上がった。

「パパだ！」

陸人がその場でぴょんと飛び跳ねてから、耀太めがけて駆けてゆく。一拍遅れて萌香も、「パパ〜！」と両腕を広げて走りだした。

「ああ、久し振り。二人とも背が伸びたね」

腰を落として迎えた耀太の鳩尾（みぞおち）に、突進していった陸人の頭がぶつかったはずだけど、軽く息を詰まらせただけで耐えている。萌香にも抱っこ抱っことせがまれて、大忙しだ。

近くを通りかかった女性が、彼らを微笑ましげに眺めてゆく。仲のよい親子以外のなにものにも見えないだろうけど、実際は七ヶ月ぶりの再会である。

ずっと保留にしてきた、面会日だった。大好きなパパにようやく会えるのだから、子供たちが昨夜から興奮していたのも無理はない。途中で電池が切れないことを祈るばかりだ。

「あのね、萌ね、プリンセスと写真撮るの！」

「ねぇパパ、京葉線（けいよう）で行くの。それとも武蔵野線（むさしの）？」

長く会えずにいた罪滅ぼしに、今日はディズニーランドに行くのだという。

萌香は相変わらずプリンセスに興味津々で、陸人は電車だ。性差にとらわれることなく育ってほしいという麻衣子の願いも虚しく、ステレオタイプな趣味嗜好だが、本人が好きならそれがなによりである。

萌香の靴はアリエルから、ジャスミンに買い換えた。耀太に会えぬ間に、子供たちは本当に大きくなったのだ。

「見て見て、俺ね、赤ちゃんの歯が一本抜けたの」

「萌はしいたけ食べられる！」

耀太に報告したいことがたくさんあるようで、子供たちは二人同時にまくしたてる。この調子では、いつまで経っても出発できそうにない。

「はいはい、分かったから。早く行かないとディズニーランド閉まっちゃうよ」

子供たちの注意を逸らしてから、麻衣子は肩に掛けていたトートバッグを耀太に手渡す。中にはトイレを失敗したときに備えて着替えやタオル、ウエットティッシュに絆創膏、水筒やおやつといったものが、めいっぱい詰め込まれている。

「よろしくね」

世の元夫はどうだか知らないが、耀太なら子供たちを託すのに不安はない。むしろ麻衣子より慣れている。トートバッグの中身も、事前に耀太がリストアップしたものを詰めただけだ。

「うん、ありがとう」

萌香を腕に抱え、陸人を脚に巻きつかせながら、耀太は相好を崩している。

礼を言われるまでもない。離婚をしても、面会交流は子供の権利だ。それを麻衣子の我儘(わがまま)で堰き止めていたのだから、批難されてもいいくらいだった。

でもせっかくのお楽しみの日に、あまり辛気くさい顔はしたくない。麻衣子は子供たちの頭を撫でて、にっこりと笑った。

「行ってらっしゃい。楽しんできてね」

「えっ、ママは行かないの？」

パパと三人で行くんだよと前もって説明しておいたのに、ろくに聞いていなかったらしい。耀太の脚に巻きついたまま、陸人が目をまん丸にした。

「そう、ママはお留守番」

「またお仕事なの？」

幼いながらも失望を露わにした、息子の眼差しが胸に痛い。麻衣子はいつも、この子の期待を裏切ってばかりいる。

「そういうわけじゃないけど」

「だったらいいじゃん。行こうよ」

「うん、ママも一緒じゃなきゃヤだ！」

萌香まで、行こう行こうと騒ぎだす。子供なりに、仲違いをしてしまった両親の橋渡しをしようと必死なのかもしれない。治まりかけていたイヤイヤ期の再来のように、嫌だと主張して譲らない。

「あの、もし麻衣ちゃんが嫌じゃなければ」

子供たちの要望を受けて、耀太もまた上目遣いに尋ねてくる。

実のところ、陸人も萌香もディズニーランドは初体験だ。プリンセスに目を輝かせる萌香や、ジャングルクルーズで興奮するに違いない陸人を間近で見たいという欲もある。

「でも、それは――」

面会交流で子供と共に暮らす監護親までが一緒になって楽しむなんて、聞いたことがない。それじゃあまるで、たんなる家族のお出かけだ。

「無理にとは、言わないけど」

もちろん無理に決まっている。ただの見送りのつもりで化粧をろくにしていないし、服装も適当だった。

それなのに子供たちのみならず耀太まで、期待に満ちた眼差しを向けてくる。断ると、まるでこちらが悪者みたいだ。

「分かった、今回だけね」

しかたなく行くのだというポーズで、麻衣子は両手を胸の高さに上げて肩をすくめてみせた。

借りたばかりのベビーカーを押しながら、片手でイラストマップを広げる。

考えてみればディズニーランドなんて、大学時代に友人たちと訪れて以来だった。どこになにがあるのかさっぱりで、直感では元いた場所に戻れない。

しかもベビーカーのレンタル場所がメインエントランスの近くで、歩くとけっこうな距離がある。気の抜けた普段着で、履き古しのスニーカーを履いていたのがかえってよかった。真冬だというのに、早歩きをしたせいで少し暑い。息を切らしながらアトラクションの待機列に戻ってみると、耀太と子供たちの姿は見当たらなかった。

順番がきて、中に入ってしまったのだろうか。首を巡らすと、離れたところにあるベンチで手を振っている耀太に気がついた。

彼らに近づいてゆき、麻衣子は「あらら」と苦笑を洩らす。耀太にしがみつくようにして萌香が、さらに膝を枕にして陸人が、すやすやと寝息を立てていた。

「ああ、陸人まで撃沈したか」

アトラクションに並んでいる最中に、萌香が立ったままこくりこくりと船を漕ぎだした。これは大変と慌ててベビーカーを借りに走ったのだが、待っているうちに陸人まで眠ってしまったらしい。

眠る子はとにかく重い。それが二人もいるとなると、大人一人では対処できない。

麻衣子が隣に座ると、耀太は「失敗したね」と八の字眉をさらに下げた。

「まさか二人とも寝ちゃうとは。幼児連れのディズニーは、バギー必須だよ」

五歳の陸人は、レンタルのベビーカーでは重量オーバーだ。自宅にあるドイツ製のバギーなら、たしか二十五キロまでいけたはず。「ホントね」と、麻衣子も肩をすくめた。

「なんとなく、こうなりそうだと思ってたのに。パパに会うのが楽しみで、昨日の夜はなかなか寝なかったの」

その上パーク内では興奮して走り回り、暗くなるアトラクションではびっくりして泣いたりもして、それで疲れないはずがない。時計を見ればまだ二時半。夜のパレードまでは、とてもいられそうになかった。

「だけど、来てよかった。誘ってくれてありがとうね」

子供たちが寝てしまうと気まずくて、手持ち無沙汰にスマホを開く。耀太のお陰で、写真のフォルダに思い出が増えた。

シンデレラと会えてせっかく写真も撮れたのに、緊張して無表情になっている萌香。長いチュロスにかぶりつく陸人。ジャングルクルーズで目をキラキラさせている陸人に、ホーンテッドマンションで大泣きしている萌香。

一枚一枚見返してゆくと、つい頬が緩んでしまう。耀太もまた、首を伸ばして覗き込んできた。

「枚数じゃ、とても耀ちゃんのフォルダには敵(かな)わないけどね」

「そりゃまぁ俺は、子供たちとずっと一緒にいたわけだし」

先日買ったダウンのポケットをまさぐり、耀太もスマホを引っ張り出す。画面のロックを外して操作しながら、彼は続けた。

「写真はさ、精神安定剤だったりもしてね。子供たちが悪戯や失敗をしちゃったとき、『ああ～』って思いながらまず撮るの。そうやってワンクッション挟むと、感情が整理できてイライラをぶつけずに済むからね。後から見返すと笑えるし」

「耀ちゃんでも、イライラするんだ？」

「そりゃするよ。人間だもの」

知らなかった。耀太は子供の面倒を、ストレスなく見られるタイプだと思っていた。でもどれだけ子供が好きであっても、人間なら余裕のない日もあるだろう。そんなときに制御不能な生き物といるのは、誰だって辛い。

「ほら、見て。納豆まみれで上機嫌な萌香」

耀太がスマホの画面をこちらに向けてくる。まだ一歳くらいの萌香が、顔中に納豆を塗り広げて笑っている。手づかみ食べをしていた時期に、ちょっと目を離すとこうなっていたという。

「うわ、悲惨。髪にまでついてる」

そう言いながら、麻衣子も一緒になって笑ってしまう。きっとこの後、お風呂場に直行したことだろう。

「よかったら後で送るよ。麻衣ちゃんは忙しくて、はじめての寝返りもタッチも見られなかったもんね」

たしかにすべて、仕事を終えて帰宅してから耀太の報告で知ったことだ。当時は少し寂しい気もしたけれど、仕方のないことと割り切っていた。

「考えてみれば俺は、とても贅沢な時間を過ごさせてもらってたんだなぁ。こんなにたくさんの、貴重な瞬間に立ち会えてさ。男らしく家族を守れる父親じゃなかったけれど、ありがたいよ」

写真でどんどん過去に遡ってゆき、耀太はしみじみとそう呟く。その声は途中から、水でふやけたようになっていった。

麻衣子はすやすやと眠る子供たちに目を向ける。眠りながらも陸人の手は、耀太のパンツの膝をしっかりと握っている。もう二度と、置いていかれまいとしているみたいに。

「なに言ってるの。そんじょそこらの父親より、よっぽど家族を守ってきたでしょ。子供たちが大きな怪我も病気もせず、ここまで大きくなったのは誰のお陰よ」

「麻衣ちゃん――」

本当のことを言うのは照れる。耀太が潤(うる)んだ目を向けてきたものだから、麻衣子は反射的にそっぽを向いた。

「それに、私だって守ってもらったし」

カッターで切りつけられた耀太の頬には、まだうっすらと痕(あと)が残っている。そのことを指摘すると耀太は、新陳代謝が落ちているせいだと言って笑ったものだ。

「いろいろあったけどあなたは、父親としては最高だったわよ」

ディズニーランドは立地的に、海風が吹き込んできて寒い。外のベンチに座っていると、どんどん手足が冷えてくる。

それなのに耀太ときたら、抱きしめた萌香の肩に顔をうずめてじっとしている。

「ねぇ、ひとまずカフェにでも入りましょ。子供たち、風邪ひいちゃうよ」

そう促(うなが)しても、まだ顔を上げられないようだ。

寒風は、ひときわ強く吹きつけてくる。

しょうがない。麻衣子は腕を広げ、耀太ごと子供たちを抱きしめた。

三

家を追い出されたときと同様に、引っ越しといっても荷物は驚くほど少なかった。せいぜいが洋服類と、電気シェーバーや整髪料といった身の回りの品が少々。段ボール三箱で事足りるため、宅配便を使うことにした。

集荷のドライバーに荷物を託してから、耀太は財布とスマホが入っているだけのリュックを背負う。出勤の準備を整えた母の恵都子が、玄関まで見送りに来てくれた。

「じゃあ、行くよ。迷惑をかけてごめんね」

謝っても、謝りきれない。六十も半ばの母親に、どれほどの心労をかけてしまったことか。離婚を突きつけられて舞い戻ってきた耀太のことを静かに見守り、ときに尻を叩いてくれたりもした。

しかし恵都子は押しつけがましい愛情を見せず、軽く肩をすくめるだけだ。

「次に戻ってきてももう、家には入れないからね」

というひと言が、いかにも彼女らしかった。

アパートのドアを開けると、初夏というには強すぎる日差しが入り込んできた。耀太は穴蔵から出てきたばかりの熊のように、目を細める。

五月もすでに、半ばを過ぎた。このところは天気もよく、宇都宮ではなんと真夏日の予報が出ていた。

「職場はこっちだから、しょっちゅう顔を見に寄るよ。唯もこれから大変だろうし」

妹の唯は、あと少しで妊娠八ヶ月目に入る。出産予定は七月の末から八月の上旬ごろで、暑い時期のお産となってしまう。

萌香が八月生まれだから、盛夏に臨月を迎えた妊婦の苦労は見てきたつもりだ。精力旺盛な麻衣子でも、体力を奪われて見事にバテていた。唯もこの先妊娠後期の数々の不調と、夏の暑さに悩まされるに違いなかった。

「なに言ってるの。余計なことに気を回してないで、あなたは自分の家庭を第一に考えなさい」

恵都子は上がり框に立ったまま、ひらひらと手を振ってくる。息子の門出を見送るのは二度目だから、あっさりとしたものだ。

一度目は、就職が決まって東京へ発つとき。あのころはまだ、守るべき家庭などなかった。体に気をつけてねと月並みなことを言い残し、耀太は実家を後にする。

今日から再び、生活の拠点を東京に戻すことになっていた。


JR宇都宮線に乗って、赤羽まではだいたい一時間三十分。

今後はこれが、通勤時間となる。

耀太は峰岸に誘われるままに、家事代行サービスのスタッフとして働いていた。小河穂乃美による騒動があった夜、「仕事は、どうしてるの?」と麻衣子に聞かれて腹が決まった。

友人とはいえ四年のブランクがある男を、ぜひにと欲しがってくれる奴は他にいるまい。そのありがたさに比べれば、職種を選びたいなんていうプライドは屁のようなものだった。

毎朝峰岸の自宅の一室にある事務所に赴き、システムの保全にデータの入力、家事代行スタッフの面接に研修、それから峰岸が苦手な事務に経理と、やれることはなんでもやっている。

もちろん現場にも入り、料理や掃除、買い物などもこなす毎日だ。近ごろは名指しで呼ばれることも増えていた。

不思議なものでたんなる家事でも仕事となると、徒労感を覚えない。ピカピカに磨き上げたはずの浴室が次の訪問でまたカビだらけになっていたとしても、仕事ならば金銭というモチベーションがある。

サービスの種類にもよるが、代行の料金は一時間二千八百円から三千円。そのうち半分近くがスタッフの手取りとなる。大部分の家庭ではそれだけの労働を、誰かが無償で行っているのである。

この先家事代行サービスを頼むのがあたりまえになって、家事の価値が可視化されれば、世間の見方も少しは変わってくれるだろうか。

そんな日がいつか来るかもしれないと思ったら、この仕事にやりがいを感じるようになった。東京に戻ることが決まっても、辞める気にはなれなかった。

だから今後は、宇都宮まで通勤することになる。往復で三時間は長いかもしれないが、乗り換えがないぶん案外快適に過ごせそうだ。本を読んだりスマホで動画を観たりと、気分転換の時間が持てるかもしれない。

赤羽駅に着いてから、十分ほど歩く。住宅街に建つマンションのエントランスで、耀太は五〇二号室を呼び出した。

今か今かと待ち構えていたのだろう。「パパ！」という子供たちの声が、インターフォン越しに弾けた。保育園が休みの、土曜日である。

オートロックが外れ、耀太は慣れた足取りでエレベーターに乗る。五階で降りて二、三歩進んだところで、目的の部屋のドアが勢いよく開いた。

「遅いよ、パパ！」と叫びながら、陸人が裸足のまま飛び出してくる。続いて萌香も「遅いよ！」と、白い靴下で駆けてきた。

「こらこら、危ないよ」

そんなことはないと思うが、ガラスの破片でも落ちていたら大変だ。慌てて二人を抱き上げる。

それだけでも腰にはかなりの負担なのに、子供たちは大喜びで手足を振り回す。初日から、熱烈な歓迎ぶりである。

「ほら、落ち着いて。お家入ろう」

陸人も萌香も、こんなに重たかったっけ。子供の成長はめざましく、会う度にびっくりさせられる。

指折り数えてみれば家を追い出されたあの日から、十ヶ月が経っている。大人にとってはあっという間でも、子供たちの時間は長い。己の馬鹿げた行いのせいで、傍にいてやれなかったことが悔やまれる。

けれども今日からまたこの子たちの成長を、傍で見守ることができるのだ。そう思うと不覚にも、視界の端がにじんでくる。開け放したままのドアを体で支え、麻衣子が部屋の前で待っていた。

「あーあ。萌香、靴下真っ黒」

呆れと諦めの入り混じった声を上げ、やれやれとため息をつく。口調とは裏腹に、彼女は微笑んでいるのだった。

「お帰りなさい、耀ちゃん」

五〇二号室のドアは、耀太を拒絶することなく開いている。

込み上げてくる涙を堪えながら、耀太は声を振り絞った。

「ただいま！」


親子四人でディズニーランドに行った二月のあの日から、麻衣子とは話し合いを重ねてきた。

お互いの偏見と、価値観の相違について。それぞれが抱えていた驕り(おご)と、猜疑心(さいぎ)のこと。子供時代に培(つちか)ったのかもしれないトラウマに至るまで、臆(おく)することなく打ち明けた。

もっと早くにそうできていればよかったのに、距離が近い夫婦のままでは、トラブルを避けてそれほど深くは語れなかったかもしれない。けれどもどうせ、一度壊れてしまった関係だ。

言わなくても分かってほしいという甘えはすでになく、相手の身勝手ともいえる主張にも、冷静に耳を傾けることができた。

そうやって対話を重ねた結果、離婚は性急だったのではないかという結論に達した。後押しになったのは、子供たちだ。二月の面会以来、我慢の箍（たが）が外れたように「なんでパパはまたどっか行っちゃったの？」の大合唱で、萌香に至っては分離不安の傾向まで窺えたという。

「ねぇ私たち、やり直さない？」

決定的なひと言を口にしたのは、麻衣子だった。

驚いてぽかんとしていると、麻衣子は珍しく不安げな顔をして、「どうなのよ」と聞いてきた。もちろん耀太に、否（いな）やはなかった。

陸人と萌香を抱きかかえたまま靴を脱ぎ、リビングに入る。その様子を見てソファに座っていた義母のよし子が、やれやれと腰を上げた。

「あんたらはホンマに、お騒がせやね」

耀太不在の間、手の掛かる幼子の面倒を引き受けてくれた人だ。どれだけ嫌味を言われても、文句は言えない。子供たちを床に下ろしてから、「本当にすみませんでした」と頭を下げた。

「元の鞘（さや）に収まってくれるんなら、私らも安心やけど。これっきりにしてもらわな困りますよ」

二度目はないと、恵都子と同じく釘を刺してくる。だが一度目を受け入れてくれただけでも、彼女らは充分に甘いのだ。二人の母親の愛情を嚙みしめながら、耀太は「はい！」と頷いた。

麻衣子がしゃがんで萌香の靴下を脱がせ、陸人の足裏はウエットティッシュで拭いている。その背中にちらりと目を遣ってから、よし子は傍らに置いてあった旅行バッグを肩にかけた。

「ほな、私はこれで。あんたらは仲良うしぃや」

「えっ、もう行くんですか」

反射的に引き留めてしまう。今日中に発つとは聞いていたが、お礼かたがたランチくらいは一緒にという心積もりでいたのだ。

「孫は可愛いけど、ええ加減くたびれたわ。落ち着いたらまた、ゆっくり寄せてもらいます」

早く羽を伸ばしたいのだと言われては、これ以上食い下がれない。義母は普段化粧っ気のない人だが、今日は発色のいい口紅を塗っており、髪も美容院に行ったばかりのようにセットされている。

このまま滋賀に帰るのではなく、杉並区に住む義兄の家にしばらく厄介になるそうだ。いつまでと、期限は特に決めていない。よし子にしてみれば、祖母業に励んだ自分へのご褒美みたいなものだろう。

「それならせめて、駅まで送りますよ。荷物持ちます」

「ええ、ええ。帰ったばっかりで慌ただしいやないの。一人で行けますから。ほな、さいなら」

手刀を切るような仕草をしつつ、よし子はそそくさと玄関へ向かう。麻衣子に目配せをして二人で見送りに立つと、子供たちも足音高く追いかけてきた。

「ばぁば、またね！」

「はいはい、またね」

「お母さん、本当にありがとうね」

「ええのええの。ほなね」

孫や娘との別れも、あっさりとしたものだ。上がり口に座ってマジックテープ式の靴を履くと、よし子はおざなりな挨拶を返してドアを開ける。一応廊下に出て見送ったが、エレベーターホールへと向かう間、彼女は一度も振り返ろうとはしなかった。

「お義母さん、なんだか急いでたね」

「そうね。早くお兄に会いたいのよ。なんだかんだ言ってあの人、お兄が一番なんだから」

以前なら母の偏愛について語るとき、麻衣子の口調には遣り切れなさが滲（にじ）んでいた。それが今や、苦笑いに変わっている。子供の些細（ささい）な悪戯をしょうがないわねと許すのに似た、寛大さが窺えた。

「ま、せいぜい兄の家に長逗留すればいいわ。お母さんが会いたがってることくらい分かってただろうに、ちっとも顔を見せにこなかった罰よ」

よし子と義姉は、折り合いがあまりよろしくない。滞在が長引けば長引くほど、義姉のストレスは義兄にぶつけられることになるだろう。面倒から逃げたがるタイプのお兄にはいい薬だと、麻衣子は底意地の悪い笑みを浮かべた。

義兄の家で思う存分羽を伸ばした後、よし子は義父の元に戻るのかどうか、それはまだ分からない。「ま、お母さんの好きにすればいいわ」と、麻衣子はなりゆきを見守るつもりのようだった。

「さて、お茶でも淹れるから、ちょっとゆっくり座ったら？」

「ああ、うん」

キッチンは耀太が管理していたころよりも、物が増えて雑然としていた。いつの間にか食洗機と電気圧力鍋が導入されており、思わず「あ、いいな！」と叫んでしまった。

「時短よ、時短」と言いながら、麻衣子は電気ケトルで湯を沸かす。真似して陸人も「時短！」と笑い、床の上を滑りだしたロボット掃除機を指差した。

専業主夫だったころは、手抜きをしているような気がして購入を考えもしなかった家電ばかり。でもべつに、楽をしてもよかったのだ。当時はなぜか、便利なものに甘えちゃいけないと思い込んでいた。

「なんでよ。そんなこと言ったら、洗濯機や電子レンジだって駄目じゃない」

ティーバッグで緑茶を淹れながら、麻衣子は耀太の思い込みを笑い飛ばす。まだこんな偏見があったのかと、自分でも驚いた。

「家事も仕事も同じ。新技術を導入して手間を減らすのは、手抜きじゃなくて工夫というのよ」

それもそうだ。麻衣子にぴしゃりと断言されて、耀太は声を出して笑った。

お茶請けにと添えられたのは、麻衣子が取引先からもらったという金沢(かなざわ)土産の和三盆糖。花菖蒲(しょうぶ)を模(かたど)ったそれを口に含むと、上品な甘さがほどけてゆき、無意識に抱えていたわだかまりまで一緒になって溶けてゆくように思われた。

陸人がかたつむり形の和三盆糖を見つけ、それを這わせるふりをしながらでんでん虫の歌を口ずさむ。保育園で習ったのか、萌香も一緒になって声を張り上げた。

「ツノだせ、口だせ、目玉だせ～！」

「いや、口は出さないんじゃないかな」

子供たちの無邪気さに、頬が緩む。耀太もかたつむりのヤリが、どこの器官を指すのか分からなかった。ためしにスマホで調べてみると、なんと生殖時に使うものだという。

幼児に説明するには、まだ早い。「そういえば」と、話題を変えることにした。

「さっきお義母さんが塗ってた口紅って、麻衣ちゃんのじゃなかった?」

口からの連想で、なんとなく胸に引っかかっていたことを尋ねる。よし子の唇を彩っていたあの発色は忘れもしない、麻衣子が一時期使っていたディオールだった。

「ああ、あれね。あげたの」

なんの未練もなさそうに、麻衣子はひょいと肩をすくめる。

「お兄に会うのに、おめかししたいだろうなと思って」

どうやらおめかし用の口紅は、彼女にはもう必要ないらしい。

それ以上は追及せず、耀太は「そうなんだ」と微笑んだ。

四

陸人の強い要望により、ランチは回転寿司に決まった。

駅前のチェーン店で、萌香はサーモンばかり四皿、陸人はなんと倍の八皿も食べた。

ビールを少し飲んだからか、それとも今年で四十になるせいか、耀太は七皿で満腹である。

麻衣子はもっと食べられるはずだが、五皿で箸を置いた。その頬も、アルコールでほんのりと染まっている。

「今日は仕事、大丈夫なの？」

もう少しで、社労士が最も忙しい時期に入る。土日も休めず髪を振り乱して働いていた、昨年の麻衣子が思い出された。

「うん、平気。アヤちゃんが戻ってきてくれたから、去年みたいな修羅場にはならないよ」

アヤちゃんというのは、出産を機に退職したベテラン事務員だ。この四月から子供を保育園に預け、岩瀬社労士事務所に再就職した。子供が小学校に上がるくらいまでは専業主婦でと考えていたが、早々に「無理！」と音を上げたらしい。

日中我が子と二人きりでいると、自分の世界がどんどん閉じてゆくように思える。子供はたしかに可愛いのに、そう感じてしまう自分にまた罪悪感を覚えてしまう。その悪循環で、泣いてばかりいたそうだ。

「分かるわぁ」と、つい共感してしまった。耀太も一人目の陸人のときは、地域との繋がりもなく孤独だった。加えてミルクや夜泣き対応の寝不足もあり、当時の記憶はやけにぼんやりとしている。

「専業主夫を続けられた耀太さんはすごいですよって、アヤちゃんめちゃくちゃ褒めてたよ」

そうは言ってもけっきょく挫折してしまったのだから、あまり褒められたものではない。耀太は笑いながらぬるくなったビールを口に含み、苦みの増したその液体を飲み下した。

食後は萌香にせがまれて、四人で公園に赴いた。

日差しは強くとも湿気が少なく、過ごしやすい昼下がりである。それでも萌香を抱っこして歩いていたら、またたく間にTシャツが汗ばんできた。湿り気のある子供の体温が、妙に懐かしく愛おしかった。

向かった先は陸人の好きな、キリンの滑り台がある公園だ。入り口付近で高齢者が酒盛りをしていたが、遊具のあるエリアではさすがに遠慮があるのか、家族連れしか見かけない。緑濃い空間は、子供たちの笑い声に満ちている。

「あっ、ヒロキくん！」

滑り台のてっぺんによく知る顔を見つけ、陸人が繋いだ麻衣子の手を振り払って駆けだしてゆく。幼稚園に通っていたころの、お友達である。

と、いうことは。

首を巡らすと、少し離れたベンチに座っている女性と目が合った。スマホを手にしたまま、耀太と麻衣子を見比べてぽかんと口を開けている。

ヒロキくんママは情報通だ。陸人の転園が、両親の離婚によるものだという噂くらいは摑んでいるに違いない。別れたはずの二人が子供を連れて仲良く現れたものだから、なにごとかと仰天しているのだろう。

厄介な人に会ってしまったが、小学校の学区が同じだからヒロキくんママとは来年以降につき合いが復活しそうだ。知らんぷりをするわけにもいかず、会釈をした。

「こんにちはぁ。お久しぶりですねぇ」

麻衣子は気まずさなど微塵も見せず、よそ行きの声を出して近づいてゆく。なにを企んでいるのかと、耀太も萌香を抱いたままその後を追った。

仕事の忙しい麻衣子でも、幼稚園の運動会やお遊戯会には参加してきたから、たいていのママとは顔見知りだ。ヒロキくんママはずり落ちてきた赤いフレームの眼鏡を指で押し上げて、取り繕うように笑った。

「お久しぶりですぅ。ご夫婦揃ってお出かけですか」

すごい。さっそく「夫婦」というワードを放り込んで、探りを入れてきた。そうやって、こちらの反応を窺おうというのだろう。

「ええ。幼稚園ではお世話になったのに、ご挨拶もできずすみませんでした」

麻衣子もまた、何食わぬ顔で応酬している。決して核心に触れようとしないやり取りは、高度すぎてもはや耀太にはついて行けない。

「リクトくんも、元気そうですね。保育園には慣れました?」

「まぁ、なんとか。ヒロキくんほどの仲良しはまだできていないみたいですけど」

「幼稚園には戻られないんですか?」

直接的な表現を避けて、ヒロキくんママは復縁したのかと問うてくる。耀太とよりを戻すなら、親の負担が増える幼稚園に通わせることもできるだろうというわけだ。

麻衣子はあくまで、世間話のようにさらりと返した。

「それも考えたんですけど、今後は共働きになるので難しいかなって。小学校ではまた、仲良くしてやってください」

「ああ、そうなんですね。はい、こちらこそ」

ヒロキくんママはさっきから、白々しい笑みを浮かべている。本当はすぐにでも、その手の中にあるスマホでママ友に片っ端からメッセージを送りつけたいはずだ。『リクトくんち、元サヤな上にパパが働きだしたみたい！』とかなんとか。

そう推察できるだけの情報を、麻衣子はおそらくわざと渡した。プライベートを詮索されるのが苦手なタイプなのに、珍しいこともあるものだ。

もしかして復縁が叶って浮かれてるのは、俺だけじゃないのかな。

にやけそうになる口元を引き締めていたら、萌香に「下ろして」と髪を摑まれた。

「痛い痛い。お願いだから、髪はやめて」

ただでさえ、雲行きの怪しい毛髪量だ。いろいろあったせいか昨年よりも、さらにハリがなくなった。

耀太の懇願口調に当分は髪の心配がなさそうな女たちが、顔を見合わせて朗らかな笑い声を上げた。

公園の砂場は野良猫の糞尿対策で、周りを白いフェンスに囲われている。萌香はその内側で、黙々と穴を掘り進める。

バケツセットは持ってきていないが、誰かが忘れてそのまま放置されているらしいスコップがあった。それでせっせと掘っている。

職人もかくやという集中力で、「手伝おうか？」と尋ねても無視された。砂場で遊んでいる子は他にいないから、迷惑にはならないだろう。

陸人は陸人でヒロキくんとの再会が嬉しいらしく、夢中で走り回っている。この様子だと、今夜はよく眠ってくれそうだ。

「はい、どうぞ」

飲み物を持参していなかったから、麻衣子が近くの自販機で水やコーヒーを買ってきてくれた。差し出された三種類の缶の中から、「ありがとうございます」とヒロキくんママがアイスカフェラテを選ぶ。

まさかこんな所で、久し振りのママ友、パパ友会が開催されることになろうとは。耀太はベンチに並んで腰掛けた二人に近づき、無糖のコーヒーを受け取った。

麻衣子は相変わらずよそ行きの顔で、「まだ五月なのに暑いですね」とか「ヒロキくん背が伸びましたね」とか、当たり障りのない話題を繰り出している。たんなる隙間を埋めるための会話と心得て、ヒロキくんママもにこやかに応じていた。

「他の皆さんもお元気ですか？」

この質問も、そんな類いのものであるはずだ。それなのにヒロキくんママは、はじめて「あー」と言い淀んだ。

他の皆さんとはこの公園によく集っていた、レンくんママとハヤテくんママのことだろう。二人になにがあったのかと、気になった。

「どうかなさったんですか？」

「うーん。でもそんな、ぺらぺら喋っていいことじゃないんだけど」

ますます気になる。ヒロキくんママも、そう言いつつ喋りたそうにうずうずしている。

「なにか大変なことが？」

麻衣子のひと押しで、彼女の口は滑らかになった。

「そりゃあ大変ですよ。実はね、レンくんパパの不倫が発覚しちゃったの」

子供に聞かせたい内容ではないから、後半はひそひそ声だ。その後に続く言葉は、吐く息に紛れそうな音量だった。

「しかも朱莉先生と」

「えっ！」

他人の不倫話なんてなにが面白いんだと思ったのも束の間、相手の名前に目を剝いた。

朱莉先生は、昨年の陸人の担任だった保育士だ。目元がとろんとした、愛らしい顔を思い浮かべる。まだ二十歳そこそこで、子供たちからは人気があった。

専業主夫時代の耀太の、数少ない癒やしでもあったというのに。まさかあのおっとりした子がと、信じられない思いがする。

「ああ、なるほど」

ところが麻衣子は驚きもせず、納得したように頷いた。

「ついに、犠牲者が出ましたか」

「あら、リクトくんママも危ういと思ってました？」

「なんとなく。男性には無意識に媚を売ってしまうタイプですよね」

「まさにそれです。うちの夫にも、あの人は誰にでもああなんだから、その気になっちゃ駄目よって釘を刺してました」

話についていけないのをごまかすために、耀太はコーヒーを口に含んだ。

女二人は、構わずに噂話を続けている。

「レンくんパパとってことは、たぶん面食いだろうから、どのみちうちのは相手にされなかったでしょうけどね」

「ちょっと、お顔が思い浮かびませんね」

「イケメンですよ。背も高くて、メガバンク勤務です」

「へえ、分かりやすくハイスペックですね」

耀太は何度か、挨拶を交わしたことがあった。レンくんパパはまだ三十代前半で、俳優のように顔立ちが整っていた。隣に並ぶと腰の位置が全然違って、神様は不公平だと感じたものだ。

そういうことなら、耀太も間違いなく対象外だ。朱莉先生とどうにかなりたいと考えたことは一度もないが、なぜか胸が僅かに疼いた。

「それでその後、どうなったんですか」

「朱莉先生は自主退職。レンくんママは子供を連れて茨城の実家に帰ってて、毎週末旦那さんが謝りにくるそうで――」

なんだかもう、これ以上は聞きたくなかった。勝手に抱いていた朱莉先生のイメージが崩れたからって、裏切られたと憤る筋合いはないのだけれど。それに近い理不尽な感情が、ふつふつと湧き上がってくる。

「パパ。ねぇ、パパー！」

黒松の木の下にしゃがんでなにか探していた陸人が、その場でぴょんぴょんと飛び跳ねている。お陰で大人たちの注意がそちらに向いた。

「蟬の抜け殻、あった！」

それはさすがに時期が早い。去年のものが風化せずに残っていただけだろう。だが噂話の輪から抜ける理由ができたことは、ありがたかった。

「どれどれ」

興味を引かれたふりをして、耀太は子供たちに近づいてゆく。ヒロキくんが「ほら、これ！」と、低木の葉の下を指差した。

中にいた蟬はとっくに死んでしまっただろうに、背中がぱっくりと割れた抜け殻だけが、落ちるまいとそこにしがみついていた。

五

昼間たっぷり遊んだお陰で、陸人も萌香も寝つきはスムーズだった。

物音を立てないように気をつけて、子供部屋を出る。リビングの時計を見ると、まだ八時にもなっていなかった。

「寝かしつけありがとう」

麻衣子はキッチンに立って、乾燥が終わった食洗機の中の食器を片づけていた。風呂上がりの髪はまだ乾かしておらず、タオルで包んだままである。

「俺がやるのに」

「いいの、いいの」

あらためて二人きりになると、やけに気まずい。一度壊れてしまった関係は、完全に元通りというわけにいかない。そもそもうまくいかなかったころの形に戻っても、しょうがないのだ。

きっとまだまだ、これからだろう。子供たちの成長に伴って、家庭内の役割も様変わりしてゆく。その都度自分たちに合う形を、模索し続けなければいけない。

「ね、ちょっと飲まない？」

麻衣子が食洗機から取り出したばかりのグラスを二つ、キッチンカウンターに並べる。

去年の今ごろはクラフトビールにはまっていたが、冷蔵庫から取り出したのは低アルコール飲料だ。三百五十ミリリットルの缶の側面には、アルコール度数〇・五パーセントの表記がある。

「酔いたくないけど少しだけリラックスしたいってときに、ちょうどいいのよ。だからこのところ、ずっとこれなの」

気持ちは分かる。子供たちになにがあっても動けるように、耀太も専業主夫時代は酒を飲まないようにしていた。低アルコールでも飲めば車の運転はできないが、判断力が鈍るほどではない。

「なるほど。そういう需要があるのか」

正直なところ低アルコール飲料の存在意義が分からなかったが、ようやく腑に落ちた。注がれたのを飲んでみると、案外旨い。風味と喉ごしは、本物のビールに近かった。

「うん、悪くないね」

「でしょ。これなら二人で飲めるしね」

以前はアルコールを控えていた耀太に構わず、一人で飲んでいたというのに。おそらく麻衣子も、変わろうとしてくれているのだろう。

「ありがとう」

礼を言うと、照れたように「なにがよ」と返ってきた。さっきまでの気まずさが、気恥ずかしさに変わっていた。

せめてテレビをつけておけばよかった。ダイニングテーブルに向かい合って座ったまま、降って湧いたような沈黙を持て余す。困って鼻の頭を掻くと、ピリリと引き攣れたような痛みが走った。

「痛っ！」

「耀ちゃん、鼻の頭真っ赤よ。日焼け止め塗ってなかったでしょ」

麻衣子と子供たちは、出かける前に塗っていたらしい。真夏ではないから、油断した。

「まさかあんなに長時間、公園にいるとは思ってなかったよ」

公園には、けっきょく三時間ほどいただろうか。今日ばかりはとことん子供たちにつき合うと決めていたから、帰ろうと急かすこともしなかった。それでは日焼けもするはずである。

「そういや麻衣ちゃん、ヒロキくんママに、わざと復縁をほのめかしてなかった？」

指先で鼻の頭を撫でながら、思い出して聞いてみる。麻衣子は「ああ、あれね」と含み笑いをした。

「小学校の学区が一緒な人は、他にもいっぱいいるでしょ。あの人に伝えとけば勝手に広めてくれるから、今後面倒がないと思って」

それもそうか。陸人が小学校に上がれば、他のママとも顔を合わせることになる。その度に夫婦の事情を探られるのは、あまり面白いことではない。だがヒロキくんママに任せておけば、自分たちで説明する手間が省ける。

「ああいう人も、使いようなのよ」

集まれば人の噂ばかりのママ友づき合いに閉口していたものだけど、どうやら麻衣子のしたたかさはその上を行くらしい。耀太はいささかげっそりして、グラスの中身を飲み干した。

「現在進行形で噂をばら撒かれてるレンくんママには、同情するけどね」

アルコール度数が低くても、たしかに二人きりの緊張が、ゆっくりとほぐれてきたようだ。プラシーボ的な効果があるのかもしれないなと考えていたら、麻衣子が頬杖をついてじっとりと睨んできた。

「えっ、なに？」

「耀ちゃんさ、朱莉先生の不倫話がショックだったんでしょ」

今さら取り繕っても無駄だ。公園での逃げるような態度は、自分でもあからさまだったと思う。

「だってまさか、そんなことをする人だったなんて」

「ママたちは警戒してたみたいよ。嫌われてたでしょ」

　朱莉先生に対する陰口は、しょっちゅう耳に入ってきた。保育士としての能力を疑問視するだけでなく、男親と女親じゃ態度が違うなんてことまで囁かれていた。その度に耀太は、また始まったと聞き流していた。

「朱莉先生はまだ若いから、やっかみみたいなものかと思ってた」

「あのね、いくら私たちがオバさんだからって、若くて可愛いって理由だけで相手を嫌ったりしないのよ」

　そうなのだろう。むしろ耀太のほうが、若くて可愛いというだけで朱莉先生に甘くなっていた。周りから責められているとつい、肩を持ってやりたくなる程度には。

「ああ、そっか。これも偏見か」

　問題があっても若さへの嫉妬とすり替えて、やだねぇ女はと高みの見物を決め込んでしまう。そういった偏見を、自分はまだいくつ隠し持っているのだろう。果てしなく思えて、頭が痛くなってくる。

　耀太が額を押さえると、麻衣子はやれやれと言いたげに椅子の背もたれに身を預けた。

「私も人のことは言えないけどね、だって今まさに、男の人ってホントああいう子に弱いわよねぇって思ってるもの」

「そう言われても、俺は反論できないけど――」

だがその傾向が、すべての男に当てはまるわけじゃない。そもそも性差だけで物事を判断するのが、間違いの元なのだ。

「頭では分かってるつもりでも、根深いよね」

あらゆる偏見が、親世代やメディア、あるいは教育によって、無意識の階層にまで刷り込まれている。なにより恐ろしいのは、意図せずそれを子供たちの世代に伝えてしまうことだ。陸人や萌香が大人になるころには、性別による役割分担の鎖から、完全に解放されていてほしいのに。

「そうね。難しいけどひとまずは、主語に『男』や『女』を置かないことから意識していくしかないわよね」

これだから女は。男ってこうだから。短絡的にそう言ってしまいたい場面はあるけれど、その前にちょっと立ち止まる。そうやって少しずつ、変わってゆくしかないのだろう。

「もう一本、飲む？」

テーブルに手を突いて、麻衣子が立ち上がる。飲んでも酔わないが、もう少しだけアルコールを摂取したい気持ちはある。

だが耀太は「ううん、もういい」と首を振った。

復縁といってもしばらくは、婚姻届は出さないと決めた。

いわばお試し期間のようなものだ。適度な緊張感があったほうが、お互いに甘えすぎずにいられる。法律婚よりもそのほうが、今の耀太と麻衣子にとってはしっくりくる。

この先のことは、まだ分からない。子供たちの成長に伴いやはり届けは必要だと感じるときがくるかもしれないし、こないかもしれない。そんなことはまた、そのときに話し合えばいい。

峰岸の営む家事代行サービスには基本的に定休日はないが、耀太は保育園のスケジュールに合わせて土日を休みとした。勤務時間を午後四時までとすれば、平日のお迎えにも間に合う。

ただし登園時間には、耀太はとっくに車上の人だ。そこはどうしても、麻衣子の協力が必要だった。

「子供たちの朝の準備や登園は、もちろん私がやるわよ。でも夜は、どうしても残業になるだろうから――」

「うん、朝だけお願いできれば大丈夫。これから繁忙期に入るのに、ごめんね」

「なに言ってるの。お互い様でしょ」

久し振りに入る寝室は、インテリアがなにも変わっていなかった。夫婦で使っていたダブルベッドが処分されていないのは、たんに面倒だったからか。毎日がめまぐるしすぎて、買い換える手間を惜しんだらしい。

「今となっては、捨てなくてよかったわね」

麻衣子がポンポンと、羽毛布団を叩く。あれこれと話し合っているうちに、九時を過ぎた。

環境が変わった上に子供たちに体力を吸い取られ、瞼が重くなってきたのでもう寝てしまうことにした。

「麻衣ちゃんも寝ちゃえば？」

「私はもうちょっと、企画書を書くわ」

昨年末に出した本が好評で、版元から第二弾の依頼が入ったらしい。次はどういった切り口で攻めるか、週明けに打ち合わせがあるそうだ。去年みたいな修羅場にはならないといっても、忙しいことに変わりない。

「無理はしないでね」

「大丈夫、まだまだ余裕」

耀太が専業主夫だったころに比べれば、今後は負担が増えるはず。それでも麻衣子は胸を叩いて笑って見せた。

「じゃあね、耀ちゃんおやすみ」

「うん、おやすみ」

ヘッドボードのコンセントに充電器を差し込み、スマホを繋ぐ。その際に、不在着信に気がついた。

「あれっ」

思わず声を上げたせいで、寝室を出ようとしていた麻衣子が振り返る。着信は、妹の唯からだった。

「どうしたんだろう」

ちょうど陸人と萌香を寝かしつけていたときに、かかってきていたらしい。マナーモードのままリュックに入れっぱなしだったから、気づかなかった。

留守電サービスにもメッセージが入っておらず、ますます気になる。この時間なら、唯はまだ起きているだろう。

「もしもし、お兄ちゃん！」

コール三回で、唯が出た。なにかに急き立てられるような口調で、声も大きい。スマホから音漏れがしているらしく、麻衣子も眉を寄せてベッドに座った。

「あのね、ごめんね。私、どうしたらいいのかちょっと分からなくて。お兄ちゃんには伝えなくていいってお母さんは言うんだけど、そんなわけにいかないとも思うし」

「どうした、なにがあった？」

実家でトラブルがあったのか、唯はすっかり混乱している。耀太の表情も、自然と険しいものになった。

「お母さん、乳がんが見つかったんだって。早めに見つかったから心配いらないって言うんだけどさ、私もこれから出産を控えてるし、すごく不安で」

喉の奥が、キュッと締まるような感覚を覚えた。今日唯は恵都子から、入院時の身元保証人になってほしいと頼まれたという。

恵都子は看護師だ。乳がん検診は年に一度受けていたはずで、彼女が早期発見と言うのなら、本当にそうなのだろうけど。

母の病気と、妹の出産。なぜこのタイミングでと、気持ちがざわつく。

麻衣子とは、まだ再出発したばかり。いずれは親の病気や介護といった問題も降りかかってくるだろうと思っていたが、それがまさか今だとは。

だからこそ、恵都子は耀太に伝えなくていいと言っているのだ。乳がんの診断がつくまでに何度も検査を受けただろうに、耀太にはなにも悟らせなかった。

そんな母の闘病には、できるかぎり寄り添ってやりたい。だがそうなると麻衣子の負担はさらに増え、仕事をセーブさせることになるかもしれない。

唯を安心させてやりたいが、なんと言っていいものか。一瞬の逡巡を見抜き、麻衣子がスマホを持っていないほうの手を握ってきた。

会話が聞こえていたのだろう。耀太の目を見て、力強く頷きかけてくる。

そうだった。自分たちはまた、二人でやり直すと決めたのだ。

耀太は麻衣子の手を握り返し、はっきりと宣言した。

「大丈夫だ、唯。俺たちがついてる！」

本書は二〇二一年十一月号から二〇二二年十月号まで
「文蔵」にて連載されたものに加筆・修正したものです。

〈著者略歴〉

坂井希久子（さかい　きくこ）

1977年、和歌山県生まれ。同志社女子大学学芸学部卒業。2008年、「虫のいどころ」（「男と女の腹の蟲」を改題）でオール讀物新人賞を受賞。17年、『ほかほか蕗ご飯 居酒屋ぜんや』（ハルキ文庫）で髙田郁賞、歴史時代作家クラブ賞新人賞を受賞。著書に、『小説　品川心中』（二見書房）、『花は散っても』（中央公論新社）、『愛と追憶の泥濘』（幻冬舎）、『雨の日は、一回休み』（PHP研究所）など。

セクシャル・ルールズ

2023年3月15日　第1版第1刷発行

著　者　坂井希久子
発行者　永田貴之
発行所　株式会社ＰＨＰ研究所
東京本部　〒135-8137　江東区豊洲5-6-52
文化事業部　☎03-3520-9620（編集）
普及部　☎03-3520-9630（販売）
京都本部　〒601-8411　京都市南区西九条北ノ内町11
PHP INTERFACE　https://www.php.co.jp/
組　版　朝日メディアインターナショナル株式会社
印刷所
製本所　図書印刷株式会社

ISBN978-4-569-85435-9